峠　無茶の勘兵衛日月録7

浅黄斑

二見時代小説文庫

報復の峠――無茶の勘兵衛日月録7

目次

越前松平家関連図（延宝３年：1675年10月時点）

- 結城秀康①
  - （松平）忠直②
    - ＝忠昌③（越後高田藩主）
      - 亀（松平綱隆室）
      - 国（本多重昭室のち飛鳥井雅直室）
      - 昌勝（越前松岡藩主）─綱昌
      - 光通④
        - ＝昌親⑤
        - 権蔵（直堅）
      - 千（毛利綱広室）
      - 昌親（兄、光通の養子）（⑤）
      - 布里（土井利直室）
    - 光長
      - 綱賢
      - 国姫
    - 亀（高松宮妃）
    - 鶴（九条関白道房室）
    - 長瀬（永見市正）
    - 長良（永見大蔵）
    - 勘（小栗美作室）
  - 忠昌（はじめ越後高田25万石、兄、忠直改易のあとを受け福井藩50万５千石）
  - 直政
    - 綱隆（出雲松江藩二代目藩主）
    - 近栄（直良養子となるが離縁後に出雲広瀬藩主）
    - 隆政（出雲母里藩の初代藩主）
  - 直基─直矩（姫路より越後国村上藩に国替ののち出羽山形藩主：引っ越し大名の異名）
  - 直良（越前大野藩主）
    - ＝近栄（寛文６年（1666年）に離縁）
    - 直明

（光通④と国姫は夫婦関係）

註：＝は養子関係。○数字は越前福井藩主の順を、------は夫婦関係を示す。

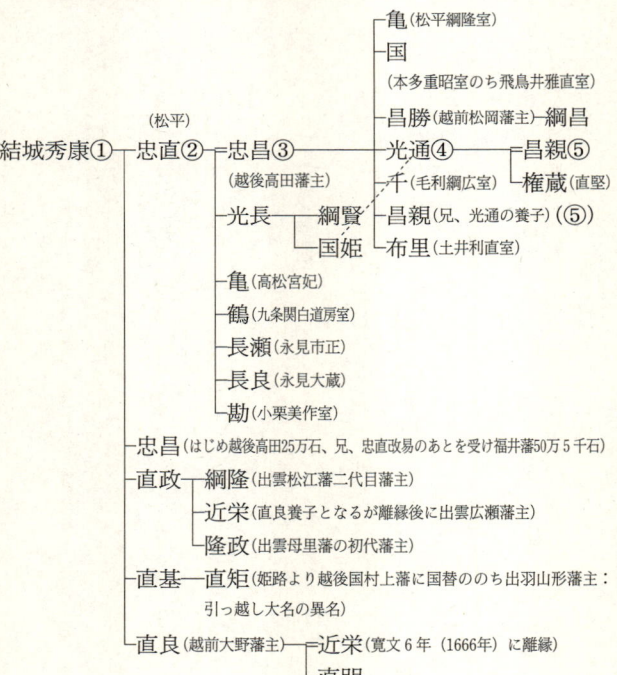

長崎街道

1

佐賀藩領の井樋《いび》ノ尾《お》峠を越えてから、半刻（一時間）ほどはたったろうか。

空は抜けるように青いが、そろそろ夕暮れが忍び入りそうな、微妙な青である。

くねくねと田畑を縫うように延びる長崎街道は、このあたり、ほんとうは里道ではないかと思えるほどに細い。

左手に神社が見えてきた。鳥居横の石碑には〈役《えんの》行者《ぎょうじゃ》神社〉と彫られている。

日高信義《ひだかのぶよし》は、それを馬上から眺めて、

（ふうむ……）

少しばかりゆかしげな気分に浸ろうと思ったのだが、しくじった。

次にこんもりとした杜《もり》が赤や黄に、うっすらと色づきはじめているのに、

(いよいよ、秋も深まったわい……)

と風雅な思いに、ひたろうとしたのだが――。

(いやあ、やはり、たまらんぞ)

声には出せぬ悲鳴を、胸の内でうめいていた。

なにしろ、この三日間、馬に乗りづめの日高であったから、尻が痛くて痛くてたまらぬのであった。

それでなんとか気を紛《まぎ》らわそうと、沿道の風景に目をやってはみるが、尻の痛さはつのるばかりである。

そんなやるせない気も知らず、馬子《まご》はたしかな急ぎ足で、そのため余計に馬の背は揺れる。

今朝早くに嬉野《うれしの》の宿《しゅく》で、

――どうじゃ。まだ日のある内に矢上《やがみ》の宿まで行けるなら、手間賃を倍にしてやろう。

言って雇った馬だから、馬子は大いに張り切って、中食《ちゅうじき》や休息の時間さえ惜しんで先を急ぎに急ぐ。

それで、文句も言えない日高であった。

その馬子と並ぶように、日高とともに長崎へ向かう落合藤次郎《おちあいとうじろう》も、元気いっぱいに健脚ぶりを見せている。

（いやいや、わしも、もう歳じゃ）

この年に還暦を迎えた日高は、今度の旅で、つくづくそのことを思い知った。

たしかに、足腰も弱りはしているが、

（耄碌《もうろく》までしたようじゃ……）

とんだ失敗を二つも重ね、いささか吐息を漏らしたい気分の日高であった。

日高信義は、大和郡山藩家老の都筑惣左衛門《つづきそうざえもん》の側用人《そばようにん》だ。

大和郡山藩は十五万石の所領だが、後継者をめぐっての長い騒動があった。

事のはじまりは、今から三十七年前の寛永十五年（一六三八）に、播磨姫路藩主であった本多政朝《ほんだまさとも》が、四十歳の若さで病死したことにあった。

このとき政朝の嫡子である政長《まさなが》は、まだ六歳、その弟の政信《まさのぶ》は五歳と幼かった。

そこで政朝の遺言で、政長が成長するまでとの条件つきで、庶流の従兄弟で竜野城主であった本多政勝《まさかつ》に、家督を預けたいと希望した。

こうして寛永十六年（一六三九）四月、幕府は政勝に政朝の家督十五万石を下し、大和郡山に所替えが命じられた。

このとき、これまでの政勝の領地四万石も和州内に替地を下されたので、政勝は本家を相続して、たちまち十九万石の領主となったのである。

ところが、本来なら手に入るはずのなかった本家の家督を得て、政勝に欲が出た。政朝の遺言など無視して、実子の政利《まさとし》にすべての家督を譲りたいと考えはじめたのだ。

そこで政長・政信の兄弟にはわずかな近習をつけただけで、家督を譲るどころか、いつまでたっても元服さえさせようとしない。

さすがに、これには本家の姫路からきた譜代衆も騒ぎはじめ、騒動の幕は切って落とされた。

それに対し、政勝は兄弟を養子に迎え、旧領分四万石から政長に三万石、政信には一万石の部屋住《へやずみ》料を分け与える、という手を打って懐柔しようとした。

政勝にすれば、それで収拾がはかれると踏んだのであろうが、もとより譜代衆は、そんなことで納得はしない。

そこで政勝・政利の父子は、時代《とき》の大老である酒井忠清《さかいただきよ》に取り入り、裏工作を進めていった。

そんなさなかに政勝は死去し、目論見《もくろみ》どおり大和郡山藩は、その子の政利の手に落ちた。

それで騒ぎは、いよいよ大きくなる。重大な約束違反であった。

それに対して政利がとった策は、政長や、その弟である政信を、ひそかに闇に葬ろうというものである。

政長は幸いに忠臣たちに守られ、二度、三度とその危機を逃れたが、政信のほうは敢《あ》えなく毒殺されてしまった。

ここにいたり、ついに泥沼化していた御家騒動は天下の耳目《じもく》を集めることとなり、幕府も裁定に乗り出した。

結果は、誰もが首をかしげるものになった。

大和郡山の地を、二分しようというのである。

本来の嫡流である政長に九万石、庶流の政利に六万石、というのがその裁定で、これによりこの騒動は〈九六騒動〉と呼ばれることになった。

結局のところは、庶流が嫡流の簒奪《さんだつ》に成功したのである。これが四年前の暮れのことであった。

これにより九万石（部屋住料三万石を併せて実際は十二万石）と六万石の、二つの大和郡山藩が存在するという、不思議な事態が生じて今も続いている。

そこで本来の意味ではないが、嫡流のほうを便宜的に大和郡山本藩、庶流のほうを大和郡山支藩と呼びならわそう。

いや、問題は、そのようなことではない。

四年前の幕府裁定によって、御家騒動は決着したかに見えて、実は水面下でまだまだ続いている。

支藩の本多出雲守政利というのは、よほどに特異な人物であるらしい。

というのも、いまだに本藩の藩主である本多中務大輔《なかつかさたいふ》政長の命を狙っているフシがあった。

十五万石すべてを手中にできなかった政利は、それが不満で、なにがなんでも政長を亡き者にしようと企むのであろうか。

といって、たしかな証拠があるわけではない。

あるのは、出雲守周辺に漂う不審な動きと、中務大輔近習の内にさえ、出雲守によって送り込まれた刺客らしい人物の影が、ちらちらとほの見えることである。

それでなくとも、元もとが一藩の家士を二分割したわけだから、どれが敵で、どれが味方かを判別することすらむずかしい状況なのであった。

疑心暗鬼のなか、中務大輔政長を父子二代にわたって支えてきた筆頭家老の都筑は、自らの側用人である日高に特命を発した。

出雲の陰謀を暴く、あるいは政長を暗殺の魔手から守る、といったようなことである。

家中の内、敵味方が判然とせぬ以上、やむを得ない方策であった。

そんななか、未遂に終わり表にこそ出なかったものの、中務大輔政長が大和郡山へ国帰りする途次を、弓鉄砲で襲撃しようという計画が昨年に露見した。

計画の首謀者は、越前大野藩から逃亡中の山路亥之助《やまじいのすけ》であったが、かれには、明らかに出雲守政利との関わりが見いだせる。

だが――。

すでに四十を超えて子のない中務大輔は、幕府裁定ののちに養子を迎えていた。

そんな状況下で中務大輔を暗殺したとしても、家督は養子に移って出雲守になんら利するところはないのではないか。

しかしながら……。

出雲守の後ろに、今をときめく酒井大老の存在を忘れてはならない。

黒を白と言いくるめる、絶対権力者なのであった。

危機感をつのらせた都筑は、落合藤次郎を目付見習に登用し、これを日高に預けたのである。

実は、昨年の襲撃計画を嗅ぎつけたのは越前大野藩の若い藩士、落合勘兵衛《かんべえ》であった。

藤次郎は、その弟である。

目付見習として登用したばかりだから、藤次郎は家中にも顔を知られていない。

日高は藤次郎とともに大和郡山へ入国して隠密行動をとった。

その結果、いくつかの成果をあげた。

そのひとつに、刺客の巣窟と思える隠れ家の発見がある。

ここに、源三郎《げんざぶろう》という気になる存在が顕われた。薬に詳しく、大坂・道修町《どしょうまち》の薬種問屋に、しばしば出入りをしているという謎の男だ。

源三郎に目をつけた理由は、こうである。

中務大輔政長の弟の政信が毒殺されたことは、すでに述べた。症状からみて、芫青《げんせい》と呼ばれる毒物のようだ。

これは、我が国には産しない唐渡りの猛毒で、滅多なことで手に入るものではない。なんでも、青斑猫《あおはんみょう》と呼ばれる昆虫からとれる毒物らしい。

一方、大和郡山支藩の江戸屋敷で奏者役を務める原田九郎左衛門《はらだくろうざえもん》が、この芫青という毒に詳しいという情報も得ている。

それで大和郡山の刺客の巣窟にも、大和郡山支藩の江戸屋敷にも見張りをつけておいたところ、最近になって、この二人に動きがあった。

源三郎は大坂へ、原田は長崎へ向かったとの情報である。

情報に接した日高は、あたふたと江戸を発った。藤次郎は江戸で必要な連絡をこなしたのちに、追いかけてくることになっていた。

日高が向かったのは、大坂である。

大坂で源三郎と原田が、ひそかに接触を持つのではないか、との読みがあった。

それで、今は大坂に滞在中の源三郎は、大和郡山本藩から出された密偵によって、ぴったりと二六時中の監視がつけられている。

密偵は、徒目付《かちめつけ》衆の子弟から選ばれた、五人の若者たちであった。

2

日高が江戸を出発したのは先月の十六日で、大坂には二十八日に着いた。

すると、後発したはずの藤次郎が日高を待っていた。若さにまかせ、いずこかで日高を追い抜いていたのである。

(わしも、老いたものだ)

懸命に急いで東海道を上ってきたつもりだが、これである。

だが、藤次郎の報告を聞いて日高は胸が躍った。

まさに、日高の読みは的中していたようだ。

それが、五人の若い密偵たちの活躍で明らかになっていたのである。

成果の第一は、源三郎の正体である。

大坂・道修町に［近江屋長兵衛］店という薬種問屋がある。

そこの大番頭が、源三郎の父親であった。

昔は源三郎も、その店に奉公して手代にまでなっていたそうだが、博打癖《ばくち》が治らず、五年ばかり前に解雇されたそうだ。

さらには［近江屋長兵衛］店は、今は支藩となった大和郡山藩の御用を、昔からつとめている。

成果の第二は、重大であった。

源三郎は、原田と名乗る武士と宗右衛門《そうえもんちょう》町の料理屋で会ったという。

しかも密偵たちは、二人の間に交わされた会話を、隣り部屋で盗み聞くことに成功していた。

それによると、源三郎は原田に、品物はすでに入った、と長崎から［近江屋長兵衛］店に文《ふみ》が届いていると話し、対して原田は〈青斑猫にまちがいないな〉と念押しをしたそうだ。

そればかりか、さらに面妖な会話が続いている。

源三郎は〈これが割り符〉と、なにかを原田に手渡したようで、さらに〈長崎では、必ず長崎奉行に直接会って、この割り符を渡してください〉と続けたそうだ。

（む……むう！）

この報告を聞いたとき、日高はたしかな手応えを感じると同時に、衝撃も覚えたものだ。

青斑猫とは、芫青のことにちがいなく――。

（ついに、長崎に入ってきたか……）

それで原田は長崎に向かい、割り符を示して長崎奉行から芫青を受け取る。さらにはそれを、この大坂で源三郎と再会して手渡す手はずのようだ。

それが、十月十日ごろだという。

源三郎との打ち合わせののち、原田はすでに長崎へと旅立ったそうである。

(だが、なにゆえ、そのようなまわりくどいことを……)

日高には、そこが、もうひとつ納得がいかなかった。

(長崎からは、原田九郎左衛門が、直接、江戸に持ち帰ればよさそうなものを……)

あるいは……?

(なるほど。毒を二つに分けて、江戸にも、大和郡山にも持ち帰ろうというのか)

そうであれば参勤中の江戸でも、また国帰り中においても齟齬《そご》は生じまい。

要は、その毒物をどのようにして、獅子身中の虫である中務大輔政長の近習に手渡すか、なのである。

しかし、そこまで考えを進めても、まだ日高は釈然としなかった。

そういうことなら、別に長崎に向かうのは原田でなくてもよいではないか。たとえば、源三郎が直接に長崎まで出向いても同じはずだ。

(町人ではまずく、武家でなければならぬ、ということか……?)

なにより、ここに長崎奉行が登場してくるのが、もうひとつ解《げ》せない。

(長崎奉行には、注文買い、という特権があったな……)

正規な輸入品以外に、欲しい品をオランダ商館に注文することができる。

（いや、待て待て）

いくら特権といっても、その品は激烈な毒薬なのだ。しかも長崎奉行は二人いて、それが一年交替で長崎に詰めることになっていた。

（そのような危ない真似は、するまい）

とつおいつ考えた結果、ようやく全貌が見えてきたようである。

（そうか。二段構えか）

まず、芫青という代物、暗殺以外に使いようもない毒物だから、そんなものを扱おうという薬種店など、どこにもない。また正規に注文も出せまい。

この当時、長崎に入った薬種は一旦、大坂の道修町に軒を連ねる薬種問屋に集められたあと、選別や加工をされて江戸をはじめとする各地へ送られていく、という仕組みになっていた。

とすると、道修町の薬種問屋の手蔓《てづる》を利用すれば、闇の品を手配するくらいは可能ではないか。

あの源三郎の父は、［近江屋長兵衛］店の大番頭というから、よほど実務に長けた人物であろうと思われる。

あの刺客の巣窟――大和郡山城下をはずれた八条村の丘陵の頂きに建つ〈榧《かや》の屋

形〉では、以前から源三郎を介して芫青の入手を図っていた……。

（つまりは手配役じゃな……）

そうすると、大和郡山支藩江戸屋敷の原田九郎左衛門は、受け取り役ということになる。

ここで疑問になるのが、この一件に、なぜ長崎奉行が絡んでくるのか、という問題であった。

最初のうち日高は、原田が奏者役という役柄から、長崎奉行と面識もあり、賄賂など使って便益を願ったか、とも考えたが、それではどうも据《す》わりが悪い。

第一、九郎左衛門には、源三郎から割り符が手渡されている。

（すると、長崎奉行と原田とは、元もと面識がない、ということになるが……）

割り符とは、見知らぬ同士の証《あか》し以外には考えられぬ。

（それに、この長崎奉行というやつ……）

役高は千石、それにくわえて役料が四千四百俵もつく。

それだけではない。

オランダ船や唐人船から脇荷を安価に買える特権もあり、八朔銀といって、貿易商人や地役人からの献納金も入る。

収入が莫大な、だけではない。

長崎警備の責任者の立場で、佐賀藩・福岡藩の二藩を指揮する権力も持っているので、俗に十万石の大名の格式といわれるのが、長崎奉行であった。

（たかが六万石の、本多出雲守ごとき……）

大名の言いなりになったり、賄賂で動くものではない。

そこまで考えたとき、日高の脳裏に、一条の光がさして、ひとつの道筋とでもいうべきものが浮かび上がってきたのである。

では、長崎奉行を動かせるものは誰か――。

（大老、酒井忠清！）

一条の光は、その人物をさしていた。

本多中務大輔政長にとっては、いや日高にとっても、不倶戴天の敵に思える人物であった。

思えば政長の父、政朝が病の床にあって幼い我が子の行く末を案じたとき、二人の重臣を枕元に呼んで遺言を伝えた。

その二人の重臣というのが、当時の姫路藩の家老、都筑惣左衛門と日高右衛《え》門《もん》兵《ひょう》衛《え》である。

日高信義は、この今は亡き日高右衛門兵衛の縁に連なる者であった。

一方、都筑惣左衛門のほうも、政長に所領を奪還させる悲願を果たせぬまま、慶安二年（一六四九）に六十八歳で没した。

しかし、その志は長子が父の名とともに引き継いで、今日にいたっている。

だが政朝の遺言をあざ笑うがごとく、嫡流の政長を押しのけ、庶流の本多出雲に大和郡山藩を二つに分けて、六万石を許したのが酒井であった。

そんな煮え湯を飲ませた相手が――。

またも、しゃしゃり出てきた感がある。

（くそっ！）

そうはさせぬぞ、と日高はぎりぎりと歯嚙みしたのであった。

（よし！）

逆襲しかあるまい、と日高は昂《たか》ぶった。

（長崎へ行こう）

原田を追って長崎へ――。

そして長崎奉行と酒井大老の密約、あるいは陰謀の証拠をつかむ。

蟷螂《とうろう》の斧かもしれぬ。また、どうやって証拠を得るかの方策もない。

しかし、行くぞ。

熱に浮かされたように、日高はそう決めた。

だが、そのためには、先に大坂を発った原田に後《おく》れをとってはならない。

（早馬か、早駕籠か）

考えはじめた日高に、ある考えが浮かんだ。

すぐに行動に移している。

3

かつて日高は現在のような陪臣ではなく、歴とした藩士で大坂勤番であった。

その役を十年以上も務めている。

大和郡山藩の表だった蔵屋敷は大坂にはなく、近江の堅田にあった。

しかし、領内から集めた年貢米や特産品などの換金は、大坂でおこなわれる。また、国許で必要な物品を買いつけるのも、また大坂であった。

大坂に蔵屋敷を持つ藩には、大坂留守居役という会計担当の役人がいるが、日高の役柄は、これに相当した。

掛屋《かけや》といって、藩で必要とする商品調達や年貢米売却などの代金の管理をおこなう両替商を指名して、その任にあたる。

これはなかなかに役得の多い役職で、その分、誘惑も多い。

着任当時の日高は、まだ二十代と若かったせいもあり、遊びほうけたうえに妾なども囲う始末だった。

なにしろ、ちょっと帳面をいじれば、どこからかしら金が湧き出てくるものだから、ついつい感覚も麻痺していたのだろう。

元もと数字に明るく、頭脳明晰を買われて大坂勤番を命じられた日高だったから、帳面に穴を空けたりせずに、仕事はそれなりにこなしていたと思う。

だが、落とし穴は口を開けて待っていた。

ある日、突然に日高は目付に捕縛されて国許へと連れ帰られたのである。

使い込みの容疑であった。

なるほど、怪しまれても無理はない、とはあとから思ってのことである。

大坂で妾を囲い、娘を二人ももうけていることは公然の秘密だったたし、私生活も贅沢三昧で、妻帯もせず、国にも帰らずといった生活が怪しまれぬはずはなかった。

とうとう御役御免のうえ召し放ち、の沙汰が出た。三十八歳のときである。

切腹を免れたのは、帳面から確たる証拠が挙がらなかったからにほかならない、と思っていた。

（こりゃ、仕方あるまいよ……）

幸いといってはなんだが、さる両替商に、たっぷり金子《きんす》を預けてあった。

（あれを元手に、大坂で商人にでもなるか……）

牢から出され、召し放ちの言い渡しを受けたとき、日高は漠然と、そう考えた。

そんなとき、都筑家老のところから人がきた。

――実は、御重役のほとんどは、なにがなんでも、そなたに腹を切らせろ、と息巻いておられたのだ。それを我が主《あるじ》がひとり、そなたの大叔父は、かの日高右衛門兵衛でありせば、なにとぞ旧恩に報いて罪一等を減じてくだされ、と助命を申されたおかげだぞ。

言われて、日高は呆然となった。

さらに、その人は、都筑家老は、おまえの才を惜しんでおられる。どうだ、せっかく拾ったその命だ。都筑家老のために役立ててはみぬか、と言ったのだ。

こうして日高は、二代目都筑惣左衛門の郎党となって、今日にいたっているのである。

つい、日高信義の過去にまで筆が及んでしまった。

先に述べた、各藩の大坂留守居役たちは、江戸の留守居役同様に、留守居役組合とも呼ぶべき組織を作って、月に一度の情報交換会を開いている。

これには日高のような、大坂に蔵屋敷を持たない藩の大坂勤番の者も参加した。

例会は毎月十八日で、会場はたいがいは北の新地の料亭［住吉屋］だが、それが藤の名所の野田の料亭だったり、やれ今宮村の［天下茶屋］だとか梅田村の［鶴乃茶屋］だとか、ま、実際は遊興色の強い会合であった。

そんなわけで、日高は、全国津津浦浦の大坂留守居役とは顔見知りなのである。

長崎に向けて旅立った原田九郎左衛門から遅れること二日、それに追いつくためには、と考えた日高の脳裏に、筑前秋月藩の大坂留守居役の顔が浮かんだ。

筑前秋月藩は福岡藩の支藩だが、米や物品の搬送や参勤交代のときも、筑前黒崎の湊《みなと》から、直接に大坂湾に乗りつける舟運を有している。

もし、その水路を使えるならば、陸路を行く原田より早く、長崎に先まわりできるのではないか、と考えたのだ。

だいたいに大坂留守居役というのは特殊な役目であるから、ほとんどが世襲制で、ために蔵屋敷で生まれ蔵屋敷で育ち、と一生を大坂暮らしで終わる者が多い。

日高自身が大坂暮らしだったのは、もう二十数年も昔のことになるが、秋月藩留守居役が以前のままであることを祈りながら、日高はさっそくに大坂・中之島の秋月藩蔵屋敷へと駆けつけたのである。

秋月藩大坂留守居役は、年こそとれ以前のままで、幸いなことに筑前からの米廻船が米を下ろしたあと、大坂からの物品を船積み中であった。

二日後に安治川口から出航するという、その船に、日高と落合藤次郎は乗り込むことができたのである。

だが実はそのとき、日高は大きな錯誤を犯していた。

日数の錯誤である。

筑前秋月藩の船は、瀬戸内の港、港に立ち寄りながらというものではなく、まっしぐらに筑前をめざす航路で、こういった航海を〈沖乗り〉と呼んだ。

この沖乗りだと、潮待ち、風待ちなどの天候上の支障がなければ、筑前黒崎の湊まで十三日ばかりで着くという。

対して陸路を行く原田が、大坂から長崎までの日程は、およそ二十日ばかりはかかろう。

（こりゃ、楽楽と先まわりできそうじゃ）

日高は、ほくそ笑んだものだ。

だが、このとき日高の頭には、どういうわけか自分たちの出発が、原田より二日遅れという固定観念が生じていたのである。

藤次郎からの報告で、原田は二日前に旅立ったと聞いており、また筑前秋月藩の船が二日後に出帆する、というのが重なった錯誤であったろうか。

だが、実際には、原田が長崎に向けて大坂を出発したのは、八月二十六日の午後のことであり、船が安治川口より出帆したのは八月三十日の早朝のことだった。

つまりは、四日遅れであったのである。

さらには――。

ついに、芫青が長崎に上陸した。

その裏に、酒井大老の影がちらつく。

おそらく日高は興奮し、頭に血がのぼってもいたのだろう。

船が筑前黒崎の湊に着く、ということ、すなわち長崎到着、というふうに誤謬《ごびゅう》してしまったようである。

つまりは、黒崎から長崎への旅程を計算に入れていなかった。

なんと黒崎から長崎へは、陸路で五十五里もあったのである。

乗船してからそのことに気づき、

（しもうた、抜かったわ）

船板の上さえ走りだしたい焦慮で、日高はおのれを呪った。

先まわりの、追いつくの、どころではなく、長崎へは原田の後塵を拝して到着、という可能性も出てきたのである。

幸いに船は悪天候にもあわず、予定より一日早く、九月十一日の夜に黒崎の湊に到着した。

しかし、そこから長崎までは五十五里、通常なら五日から六日はかかってしまう。

（急がねばならぬ）

なにがなんでも原田より先に長崎に着きたい一心で、日高は無謀な旅程を組んだ。

長崎街道の最大の難所は、最後の宿場町である日見《ひみ》に入る手前の日見峠である。

その峠の手前の矢上の宿に、三日間で着こうという、骨身にしみそうな旅程であった。

夜明けとともに出発したとしても、一日にならせば十七里を超えるという旅路は、還暦の日高の足腰ではとうてい無理だろうが、馬子を雇えばなんとかなりそうであった。

4

「あの川を渡りゃあ、矢上ばって」

〈役行者神社〉を通り過ぎてから少しすると、髭面の馬子が振り向いて、嬉しそうな声をあげた。

「ほ……」

それを聞いて、日高は惚けたような返事をした。

なにしろ、この三日間、夜明けから日暮れまでを馬の背に揺られ、もう尻が痛いの、腰がだるいの、などという状況を通り越し、

(息をするのすら、つらい)

のであった。

風呂に入れば、ひりひりと湯が尻に棘のように突き刺さる。布団では、腹這ってしか眠れぬほどだ。

そんな難行苦行も、あと少しで終わると気づいて、日高は尋ねた。

「あの川は、なんというのじゃ」

「ありゃ、八郎川ばって」

東長崎を囲む山山の支流を集め、天草灘へ注ぐその川の名は、〈鎮西八郎《ちんぜいはちろう》〉と呼ばれた源為朝に由来する。

「ほう」

日高は馬の背から少し伸び上がるようにして、西へと延びる細い道筋を確かめた。細い道が、山並みに深く分け入っていくようである。それで気づいたのだが、先ほどらい眩しかった西日は、いつの間にか彼方の山蔭に隠れていた。

静かな足どりで、夕刻が迫りつつあった。

「川を渡って宿までは、どれほどあろうな」

「橋ば渡いよったら、もう、ちーた（着いた）ようなもん」

「お、それなら、ここで下ろせ」

「ほんなこてね。そいでよかか」

「おう、よか、よか」

宿場町までもう間もなくと知ると、とてもこれ以上、我慢ができなくなって、日高は馬を下りた。

歩いたほうが、よほど、ましに思える。

「大丈夫ですか」

藤次郎が心配そうに声をかけてくるのに、

「なんの。屁でもないわ」

負け惜しみの、口だけは達者である。

矢上宿は戸数二百あまり、旅籠の数が十一軒に、造り酒屋も七軒を数える宿場町で、駅馬が四十八頭、駕籠も百挺《ちょう》あまりあるというから、かなりの規模だ。

長崎という特殊な町の、陸路での出入り口にあたるから、それだけの設備は必要なのだろう。

日高が、いちばん手前に建つ旅籠を選び、部屋も往来を見下ろせるところ、と注文を出したのには、もちろんわけがある。

このような日がくると予想をしていたわけではないが、すでに江戸にいるとき日高も藤次郎も、原田九郎左衛門の面体はひそかに確かめていたのである。

それで二人とも、黒崎から長崎街道を急ぐ一方、街道に注意を凝らしてきたものだが、ついぞ原田の姿を捉えられずにいた。

はたして途中で追い越したものか、それとも追いつけぬままに、原田はすでに長崎市中に入ったのか。

なんとも、判断がつかぬ。

旅籠の部屋で、濡れ手拭いで尻を冷やしながら腹這っている日高を背に、窓辺に取りつき残照の往来を監視しながら、藤次郎はなにやら指を折っていたが、

「原田が大坂を発ったのが、先月二十六日の午後……十八日半でございますから、まだここまで着いたとは思えませぬが」

「ふむ、そうじゃといいのだが」

「ま、我らほどの急ぎの旅でもございませんから、道中のんびりと見物しながらでございましょう」

「いや、そう、のんびりともできぬはずじゃ」

「と言いますと……」

「うむ。オランダ船が長崎に入港するのは年に一度、そのことは知っていような」

「いえ」

藤次郎はちらりと振り向き、あわてたようにまた、往来を見下ろした。

見張りのこともあるが、日高の姿を見ると、つい噴き出しそうにもなるのである。

その背に、日高は言った。

「通常は二隻だが、一隻だけの年もあれば、五隻がやってくる年もある。六月か七月が多いようだが、ときには五月や八月にくることもあるそうな」

「はあ」

藤次郎は背で返事をした。

「しかし、九月に入ると、一斉に戻っていく。季節風の関係だそうじゃ」

「ははあ……」

「で、すべてのオランダ船が出ていったのを見届け、交代への引き継ぎを終えて、長崎奉行は江戸に戻るわけだ」

「なるほど、そうすると……」

「原田が会う長崎奉行は岡野貞明《おかのさだあき》じゃ。交代の牛込忠左衛門《うしごめちゅうざえもん》が嬉野の本陣を発ったのは七日ほど前だというから、もう長崎に着いていよう」

「あれ、いつの間に、そのような……」

藤次郎が、驚いたような声を出す。

「なに、昨夜、おまえが嬉野の湯に行っておる間に、宿の衆に聞いたのよ」

「そうですか、なるほど。ということであれば、原田もそうのんびりとはしておれぬということですね」

岡野貞明が長崎にいる間に、着かねばならぬことになる。

「そういうことじゃ。それに、原田は大坂にて源三郎と、十月十日ごろに会おうとのことじゃったな。さすれば、長崎を発つ日は今月の二十日前後、という勘定になるではないか」

「あ、そうでございましたな」

あと六日であった。

「うむ。それより、外もすっかり暗くなったようだの。もう見張りはよい。あすはいよいよ長崎市中に入るぞ」

「は」

旅の最後の夜は、更《ふ》けていった。

5

ここしばらく好天が続いていたが、翌朝は雨になった。

どす黒い天から雨は沛然《はいぜん》と降りそそぎ、宿場町も街道も、薄明のなかに塗り込められている。

もうとっくに夜は明けているはずだが、宿宿の提灯が、ぼうっと鈍い灯りを滲ませていて人影さえ見えぬ。

（こりゃ、厄介じゃのう）

これからの難所といわれる日見峠越えを思って、日高は憂鬱になった。

雨具は旅の必需品で、日高も雨合羽を羽織った。小さく畳めてかさばらない、防水した和紙で作った紙合羽である。

日高のほうは青緑をした漆を塗ったもので、これは青漆《せいひつ》合羽、藤次郎のほうは赤合羽といって、赤い桐油紙で作られた合羽であった。

「今しばし、出立を見合わせられてはいかがでしょう」

宿の番頭は、ほかの客たちも雨待ちをしていると言ったが、もちろん日高に、そんなつもりはない。

入念な足拵えをしていると、藤次郎が、

「駕籠でも雇ってまいりましょうか」

「ばかぬかせ。人を年寄り扱いするでない」

その実、もう乗物はこりごりの日高である。

「では、まいろうかの」

「はい」

ともにわずかな荷物を、背に斜めにくくりつけ、菅笠の緒をしっかり顎で結んで旅籠を出た。

赤と青の人影は、たちまちのうちに水滴の幕のなかへと消えていった。

矢上の宿のはずれには、番所がある。

そのあたりまでが、佐賀藩支藩である諫早《いさはや》藩の支配地であって、長崎から出入りの旅人を監視した。

だが道中手形を検《あらた》めるでもなく、難なく通過できた。

さて、それから峠道に入る。

〈西の箱根〉とも呼ばれる難所だけあって、胸を突くような急坂が続く。おまけに雨でぬかるんで、足まで取られる。

慎重に足場を選んで歩を運んだ。

木立が阻《はば》んでくれるせいか、雨はさほどでもない。

息を荒げながら、九十九《つづら》折りの峠道を上っていくと、やがて前方に、柵門が見えてきた。

日見峠の関所である。

よほどのことがないかぎり、取り調べはないと聞いていたが、通過しようとした二人を若い役人が呼び止めた。

「いずれの御家中の方か」

「我らは筑前秋月藩の者でござるが、なにかご不審の点でもございましょうか」

日高は、しゃあしゃあと答えた。

大坂を発つにあたり、秋月藩大坂留守居役より、ちゃっかり書き付けももらっていた。

「いやいや、不審というほどのものではないが、この雨の中を峠越えとは、よほどの急ぎかと思うてな」

なるほど、その点を訝《いぶか》ったらしい。

そういえば、矢上の宿では雨待ちをしている旅人が多かった。

「急ぎというほどのものでは、ござらぬのじゃが、我が縁戚の者が長崎聞役でござってな。遊びにこいとの誘いに出てまいったのだが、やれ丸山あたりで命の洗濯でもしようかと、ついつい気が逸《はや》りましての」

「ははあ、丸山……、そりゃ、お楽しみでござろうな」

若い役人は、口を開けて笑った。

そして——。

「いや、この時期、奉行の交代以外に、長崎に入る武家が珍しかったものでな。それで、声をかけた次第。気をつけて行かれよ」

「ははあ……」

そのことばに、日高は食いついた。

「七日ばかり前、牛込忠左衛門さまの行列が過ぎたとお聞きしたが、その後に我らのほかに、武家は通りませなんだか」

「そうですな。今月も終わりごろになれば、夏詰《なつづめ》を終えた西国筋の武家が、ぞろぞろ通ろうが、奉行の行列以降は拙者の知るかぎり、あなた方が初めてだな」

「さようか。いや、お手間を取らせ申した」

関所を出て、日高はひとり鼻をうごめかし、

「うむ。原田はまだのようじゃの」

「はい」

喜色を滲ませた声の藤次郎が、

「ところで夏詰、とはなんでございましょう」

「うむ。長崎聞役というのは知っておるか」

「あまり、詳しくは……。たしか有事の際に迅速に対応できるように、長崎の近隣諸藩との連絡を密にすべく、西国諸藩に課せられる役でございましたな」

長崎は天領であった。

「ふむ、それでよい。異国よりの侵攻に備えての警備は、福岡藩と佐賀藩が一年交替であたっておるが、聞役は長崎奉行からの指示を国許に伝えるほかに、貿易品の調達や、諸藩との情報交換を任務としておってな……」

定詰《じようづめ》が福岡、佐賀、熊本、対馬、平戸、小倉の六藩、五月から九月下旬まで任務に就くのを夏詰といって、薩摩、長州、久留米、柳川、島原、唐津、大村、五島の八藩があたるのであった。

つまりはオランダ船が長崎にある時期に駐在し、さまざまな情報収集にもあたるのである。

関所を出てからは、下り坂になる。

思わぬ成果に気がゆるんだか、日高は二度も転んで泥だらけになった。

日見の宿場町にある茶屋で休息をとっているうちに、雨も小止みになってきて、空も僅かに明るんできた。

もう長崎は目前である。

長崎の地名は、海に長く突き出た岬状の台地の形からついた。かつては瓊ノ浦《たまのうら》とか深江浦と呼ばれていたが、地元の住人たちが〈長んか岬〉と言っているのが、いつしか地名に変わった。

当時の長崎の町は、地租を免除された内町と、それ以外の外町からなっている。日高と藤次郎が長崎の町に入ったのは、この外町のひとつ新高麗町であった。余分なことだが、この三年後に新高麗町は伊勢町と名を変えて、現在にまで続いている。

余分といえば、もうひとつ――。

ご承知のとおり、このころ長崎の貿易は、連合オランダ東インド会社がバタビア（現ジャカルタ）から出すオランダ船に、シャム（現タイ）や広東、あるいは大恵島《だいけいとう》（現台湾）からくる唐船《とうせん》の二とおりがあった。

そして異人を管理し、密貿易をさせぬ目的で、オランダ関係者は出島に、唐人たちは唐人屋敷に居住させて、公用以外の日本人は出入り禁止という処置を執ったのも、よく知られるところである。

しかし延宝三年（一六七五）のこの時期、まだ唐人屋敷は存在しなかった。

唐人にキリスト教布教の可能性がなかったからでもあるが、この時期、徹底した唐人管理がなされておらず、密貿易は比較的容易に、頻繁におこなわれていた。

だが、幕府も、ようやくこの弊害に気づいて、長崎郊外の十善寺郷に唐人屋敷を建てて、それまで方方に雑居していた唐人を集めたのが、これより十四年後の元禄二年のことである。

実は日高には、問題の芫青が、この唐船による密輸品ではないか、との思いがあった。

その密輸品が長崎奉行を通して、原田に渡る。そしてそのお膳立てをしたのが——。

酒井大老ではないか。

つまりは、酒井が法を破った。

(その証拠さえ見つけられれば……)

日高の胸には、そんな途方もない目論見《もくろみ》が隠されていたのである。

新高麗町から馬町、勝山町と過ぎ、桜町あたりからが内町となる。

「旅籠らしいのが見つかりませんね」

長崎の町に入ってより、きょろきょろと珍しげに町並みを眺めまわして歩く藤次郎が言った。

「おいおい」

日高は、それににんまり笑い、

「この長崎市中に宿などはないぞ。旅人の滞在は、許されぬのが決まりだ」

「あれ」

まだ十七でしかない藤次郎が、子供っぽい声をあげた。

「じゃあ、どこで……。あ、秋月藩の……」

「そうよの。あいにくと秋月藩の長崎役所はないが、福岡藩の長崎蔵屋敷が浦五島町にあるそうだ」

「なるほど、では、そこにて滞在、ということになりますか」

もちろん日高のことだから、秋月藩大坂留守居役に紹介状を書かせている。

「ま、それは最悪の場合だ。考えてもみろ。他藩の屋敷に居候させてもらっては、あまりに窮屈ではないか」

「それは、そうでしょうが……」

「そう、心配そうな声を出すな。むろんアテはある。やはり浦五島町に大坂の［泉屋］が出店を出しておる」

「［泉屋］といいますと、あの南蛮吹きの……」

藤次郎の故郷である越前大野には面谷《おもだに》銅山があって、それで［泉屋］の名も知っている。

天下の住友家の屋号であった。

住友家の先祖は平家の一門につながる武家であったが、やがて京で書籍と薬を扱う［富士屋］を開き、そこに、やはり京で銅吹所を営む蘇我家から養子を迎え、以来、銅吹きが住友家の家業となり、大坂で［泉屋］を開いたのである。

「そうじゃ。大坂より棹銅《さおどう》を取り寄せ海外に輸出して、大いに繁盛しているそうだ。なにより、貿易の裏表にも明るい。恰好の所であろうが」

胸を張る日高に、藤次郎は、やや眉を寄せた。

（危ぶんでおるな……）

まあ藤次郎は、日高の過去のことなど知らぬのだから無理はない。

この［泉屋］長崎店の最高責任者は泉屋平八《へいはち》といって、これは住友本家の泉屋吉左《きちざ》衛門友信《えもんとものぶ》の甥にあたる。

そして実際に店を切りまわしているのは、吉左衛門の手代で長十郎《ちょうじゆうろう》という。

実は、その長十郎は日高の、死んだ妾の実弟なのであった。

だから満満たる自信で日高は、折から唐傘をさして通りかかったひとを呼び止め、

「もし、ちとお尋ねするが、浦五島町へはどう行けばよろしかろうの」

道を尋ねた。

老女鈴重《すずのえ》

1

日高と落合藤次郎が長崎市中に入ったその前日——。

藤次郎の兄である落合勘兵衛の姿が、江戸の木挽町《こびきちょう》にあった。

昨年に続いて、この年も全国で風水害による飢饉《ききん》が蔓延している。

飢饉のひどかった大和では、一万八千人を超える民たちが、流民となって吉野山中に押し寄せて社会問題化した。

この影響は江戸にも及んで、米の高騰で市民は暮らしに疲弊し、生活苦は武家にまで及んでいる。

旗本、御家人たちの困窮がひどくなってきたため、幕府はいくつかの対策を示さざるを得なくなった。

たとえば、今年の冬の切米《きりまい》のうち半分を、春に繰り上げて支給している。

また当時の武家奉公人というのは、一年契約が原則であった。

長年季の雇用契約が、ともすれば人身売買に相当するので許さぬ、というのがその理由である。

ところが、この二月、幕府は臨時に長年季譜代奉公を許可した。原則どおりだと、多量の失業者が江戸にあふれることを危惧したのである。

そんな世相だというのに、ここ木挽町は、まるで別世界の華やかさと熱気にあふれていた。とにかく人が多い。

このあたり、芝居町である。

もっともあすから、二年に一度の神田祭がはじまるため、神田明神の氏子の町は、その準備で賑賑しくはあった。

勘兵衛は、若党の新高八次郎《にいたかはちじろう》とともに、乗物を尾行していた。

本材木町から白魚橋を渡った乗物は、三十間堀に沿って鍵型に進み紀伊国橋《きのくにばし》で木挽町に入ったのである。

時刻は正午に近い。

「芝居見物でしょうかね」

八次郎が言うのに、

「うむ。そうかもしれぬな」

群衆を押し分けるように進む、女物塗駕籠《ぬりかご》の尻を見つめながら勘兵衛は答えた。

故郷の越前大野から、勘兵衛が江戸に出てまる二年がたつが、江戸での芝居見物はまだであった。

だが、この木挽町に［山村座］、［河原崎座］、［森田座］の三劇場が櫓をあげていることくらいは知っている。これを木挽町三座といった。

「きっと、行き先は［山村座］ですよ」

「ほう、なぜだ」

「あれ、知らないんですか。［山村座］の新狂言〈勝鬨《かちどきの》誉曽我《ほまれそが》〉っていうのが、大当たりをとっているんですよ」

八次郎は、得意そうな声音《こわね》になって続ける。

「曽我五郎《そがのごろう》役は市川段十郎っていうんですが、聞けばまだ十六歳だそうで……。それが特別の人気で、いや、私よりひとつ下なのに、たいしたやつです」

「おう、その名なら聞いたことがある」

すぐ勘兵衛にも、記憶がよみがえった。

あれは勘兵衛が江戸にきて、浅草瓦町の菓子屋二階に居留していたころである。

そこにおたるという話し好きの下女がいて、その年の暮れだったか、市川段十郎の噂をしたことがあった。

「たしか二年前、全身を真っ赤に塗って坂田金時を演じて評判になった役者ではなかったか」

歌舞伎界に荒事《あらごと》、という所作を取り入れた、のちの初代市川團十郎である。

「なんだ、よくご存じで……」

「いや、ちょっとな。お……」

そのとき、半町ばかり先で塗駕籠が止まった。［山村座］の少し手前である。

(芝居茶屋か……)

勘兵衛たちまで足を止めては怪しまれるので、そのままゆっくり進みながら確かめると、［高麗屋］という芝居茶屋であった。

お付きの女中の世話で駕籠から出た女性は、片外しの髷《まげ》に搔取《かいどり》姿である。

それはまさに、江戸留守居役の松田与左衛門《まつだよざえもん》から聞いていた特徴に一致した。

その白い横顔をちらりと確かめ、

（うむ。あれが鈴重《すずのえ》か……）

その顔だちを、勘兵衛は脳裏に刻み込んだ。

乗物を見て、そうと察して尾行を開始したのだが、女性は越前福井藩上屋敷の老女で、鈴重と思われた。

四日前のこと――。

越前大野藩御耳役《おみみやく》である落合勘兵衛は、江戸留守居役の松田与左衛門に呼ばれて、愛宕下の上屋敷に向かった。

松田は勘兵衛に鈴重の特徴を話し、

――この鈴重という女、近ごろ頻頻と女物の塗駕籠にて、例の酒井のな、三河町新道にある中屋敷に出入りしているそうな。ま、どのような連絡かは大方《おおかた》の目星はついておるが、おまえしばらく、その鈴重に張りついて、その動向に目を向けてくれんか。

と言ったのである。

――ははあ、越前福井藩と大老とが……。

しばし考えたのち勘兵衛は、

――それはまた、大いに気がかりなことでございますが、はて、松田さまは今し方、どのような連絡かは目星がついておると仰せられましたな。

——ほ、ほ、相変わらず血のめぐりのよいやつじゃな。うむ。しかしな……。今はちと、詳しくは、おまえにも明かせぬことであってな。どう対処するべきか、まだわしにも先まで見通せずにおるところだ。いずれは話す時期もこようほどに、ま、黙って言うことを聞いてくれ。

――承知しました。ま、これはわたしの勝手な想像ではありますが、早い話が大老と、小栗美作《おぐりみまさか》と、越前福井藩とが組んで、なにやらよからぬことを企んでおるのでありましょうな。

これまでのいきさつを考えれば、そうとしか思えぬのであった。

それに対して、松田はただにんまりと笑って返しただけで、相変わらず食えない老人である。

ただ否定はしなかったので、勘兵衛の大方の読みは、当たらずといえども遠からず、といったところだろうと、ひとり納得した。

越前福井藩の上屋敷は、日本橋北の村松町から同朋町《どうぼうちょう》にかけてある。

それでさっそく勘兵衛は、若党の八次郎を連れて、上屋敷を見張っていると、きょうになってくだんの塗駕籠が屋敷から出た。

行き先は三河町新道と思っていたら、乗物はあらぬ方向に進む。

（はて……）

と訝りつつ尾行をしてきたら、この芝居町に着いたというわけだ。

ところで――。

これまでのいきさつ、と簡略な表現ですませたが、そのいきさつというものについて、かいつまんで記しておくほうが、よかろうと思う。

ただ、そのいきさつのうちには、勘兵衛自身が知っていることと、まだ知らされていないこともある。

まずは、勘兵衛自身も知っていることからはじめよう。

越前福井藩は、徳川家康の次男、結城秀康《ゆうきひでやす》に始まり、将軍家にとっても、御三家から見ても兄筋にあたる親藩家門の重鎮であった。

だが藩主に恵まれず、幕府から意図的に力を弱められた感もあり、代代藩主の交代が進むうちに配流や国替えがおこなわれて、石高を減じられてきた。

そしてまた、昨年に不幸な事件が起きている。

四代藩主の松平光通《みつみち》が、自殺してしまったのだ。

2

光通には、ある事情から幕府に対してひた隠しにしてきた隠し子で、権蔵《ごんぞう》という長子がいた。

その権蔵が二年前、ひそかに福井を出奔して行方不明になってしまった。光通は、権蔵にいつ名乗りを上げられるかと悩んだ末、ついに精神的に追いつめられた。それが、自殺の原因である。

権蔵以外に男児のなかった光通は、遺言書によって、異母弟の松平昌親《まさちか》を次期藩主に指名していた。

ところで行方不明中の権蔵だが、実は大叔父にあたる、越前大野藩主の松平直良《なおよし》を頼って、その江戸屋敷に匿《かくま》われていたのである。

直良にすれば折を見て間に入り、光通、権蔵父子の仲を取り持とうと考えていたのだが、短慮にも光通が自死してしまって、問題がややこしくなった。

一方、福井藩内では、昌親の藩主就任に対して異議が出ている。

まず光通には、庶子とはいえ権蔵という存在がある。また昌親には昌勝《まさかつ》という腹違いの兄もいた。

順序からすれば、まず権蔵、次に昌勝で、そのあとが昌親ではないか、という順逆の異議である。

そこへ父の死を知った権蔵が、故郷の主だった者たちに、自分の居場所を知らせたものだから、家督争いはますますこじれていく。

藩内は三つに分かれて、大騒ぎだ。

ついには権蔵を担ごうという藩士たちが、江戸をめざして次つぎと脱藩していく。

そんななか、福井藩家老の芦田図書《あしだずしょ》は、亡き光通の遺書を幕府に提出して、昌親の家督相続が認められた。

こうして五代藩主には、昌親がおさまった。

だが、それで福井藩内がおさまったかというと、そうではなく、不満は今もくすぶり続けている。

その間、落合勘兵衛は、迫りくる刺客から権蔵を守り抜き、老中稲葉正則《いなばまさのり》の後ろ盾を得て、権蔵を将軍に拝謁させることに成功した。

こうして権蔵は、晴れて越前松平家の一員と認知されて、名も松平直堅《なおかた》と改めた。

ところで、どうにも奇妙なことがある。

この一連の流れの結果、当然ながら家門筆頭の越前福井藩と、同じ家門につながる越前大野藩との間に、ぎくしゃくとした齟齬《そご》が生じた。

ところが権蔵に実際に刺客を放ったのは、実は越前福井藩ではなかった。

越後高田藩であった。

つけくわえるならば、越後高田藩もまた、越前松平家の一門である。

というより、越前六十八万石の二代目藩主であった松平忠直《ただなお》は乱行が祟って豊後国に流され、嫡子であった光長《みつなが》は越後高田へ二十五万石で国替えされた、といういきさつがあった。

さて権蔵を狙う刺客団が、越後高田藩の手であるという事実を、勘兵衛は火盗改めの付き人［冬瓜《とうがん》の次郎吉《じろきち》］の協力によって知ったわけだが、そのこと自体が特に不可解というわけではない。

越後高田藩主の松平光長には、国姫《くにひめ》という愛娘《まなむすめ》がいて、これが権蔵の父である松平光通に嫁した。

この国姫の立場については、これまでにも述べたので、改めて詳述はしないが、子ができぬのを苦に自殺して果てた。

それを権蔵のせいと決めつけて、越後高田藩から刺客が放たれたらしく、実は権蔵の出奔も、そもそもはそのことが原因であった。

奇妙なのは、その裏側で、なぜか酒井大老の影がちらつくことだ。

ちらつくといえば、越後高田藩の筆頭家老である小栗美作の動きも大いに気になる。

権蔵への刺客団を、直接に指揮していたのが、この小栗であったことは、すでに明らかになっていたが、そのかれが、またもや動きだした気配だ。

三ヶ月ほど前に、越後高田藩の家老である小栗は福井に入り、福井藩主と数日にわたり密談をした。

さらには江戸に出て、今度は酒井大老と接触を繰り返しはじめた。

この二つの事実の間を縫うように、越前大野藩忍び目付の服部源次右衛門《はっとりげんじえもん》が、越前服部宗家から福井に呼び出しを受けている。

この忍び目付の存在は、大野藩家中でさえ知る者は僅かであったから、これまた奇妙なことであった。

越前服部宗家を一口でいえば、越前松平家一門が全国に枝分かれするに従い散らばっていった伊賀者を束ねる、越前服部一族の統帥で、千賀地釆女《ちがちうねめ》家のことである。

現在の統帥は千賀地釆女盛光《もりみつ》といい、本人自身は越前福井藩の留守番組頭を務めている。

で、結果として千賀地盛光の服部源次右衛門への用というのが――。

前藩主の庶子である松平直堅（権蔵）の存在、さらには昌親には兄にあたる越前松岡藩主の昌勝がいることから、

――今の殿、昌親さまが家督を継がれて一年あまり、だが家臣のうちには、いまだ不満を抱く者が数多く、一向に御政道が安定せぬ。

ついては、

――殿におかれては、現状の打開に、御親戚筋と誼《よしみ》を結ぶことが肝心、と考えておられる。とりわけ、権蔵君の後ろ盾となられた直良公との交誼こそが大切と言われるのだ。

つまりは、溝のできた両藩の関係を修復したい、という趣旨であった。

越前大野藩主の松平直良は、すでに七十二歳という高齢で、政治向きの舵取りは江戸留守居役で家老待遇の松田与左衛門が一手に引き受けている。

千賀地盛光は服部源次右衛門が、その松田の子飼いであることを承知して、両藩和解の根回しを依頼してきたのである。

そして近いうちに、越前福井藩の家老が大野藩上屋敷に挨拶に出向く予定なので、よろしく頼むと言い、土産に津軽藩に伝わる門外不出の秘薬だという〈一粒金丹《いちりゅうきんたん》〉

ひと箱を手渡した。

万病に効くという〈一粒金丹〉は、福井藩家老が大野藩を訪ねる際に、殿や若殿への献上品として持参する予定だと聞いて、江戸留守居役の松田は、はたしてそれがどのような薬なのかの調査を、勘兵衛に命じた。

調べたところ、媚薬であった。

だから、そこまでのいきさつは、勘兵衛も知っている。

だが、知らぬことも多い。

たとえば忍び目付の服部源次右衛門――。

その存在は知っており、声も聞いたが、顔を知らぬ。というより正体を知らない。

勘兵衛が江戸にきて、しばらく居留した浅草瓦町の菓子屋は［高砂屋］といって、主人の名は藤兵衛《とうべえ》である。

実は、その藤兵衛こそが服部源次右衛門であることを、まだ知らずにいた。

さらには、その源次右衛門が江戸に戻ってきて――。

それ以降の動きについて、まるで知らされていない。

福井から江戸に戻った服部源次右衛門は松田より、自分が福井に呼び出された少し前に、小栗美作が松平昌親と密談を持った事実を知らされた。

さらには、その小栗の姿は江戸にあって、頻繁に酒井大老と接触を繰り返しているという。

千賀地盛光の話に、もうひとつ釈然とせぬまま江戸に戻った源次右衛門だが、やはり裏に、なんらかのたくらみがありそうであった。

それで徹底的に小栗美作の動きを見張った結果、ある日、ついに源次右衛門は回向院北、横網町の酒井大老の拝領屋敷において、二人の密談の盗聴に成功した。

それは、おそるべき会話であった。

酒井大老を扇の要に、越後高田藩と越前福井藩が手を結び、越前大野藩を陥れようという謀略である。

こうなると、越前福井藩の江戸屋敷にも監視の目が必要となる。

服部源次右衛門と、その一統が、さっそく福井藩の屋敷に手配りをしていたところ――。

ある日、村松町から出た女物の乗物が、三河町新道にある酒井忠清の中屋敷に入っていくのを見かけたのである。

やがて、その乗物の主が知れた。

越前福井藩江戸屋敷の老女で、名を鈴重という。

その後の源次右衛門の調べでは、鈴重は、この二ヶ月ばかり、頻頻と酒井大老の中屋敷に出入りしているようである。

勘兵衛が、松田から鈴重の行動を見張れと命じられたのには、そのような背景があったわけだ。

3

さて、その鈴重は［高麗屋］という木挽町の芝居茶屋に入った。

それを横目に見ながら通り過ぎた勘兵衛だが、［山村座］の前の人だかりは、すさまじい。

表木戸横の正面中央には、九尺四方に組まれた巨大な櫓が天を衝《つ》いて――。

その櫓を中心に大小さまざまな絵看板や立て看板、あるいは人形や当たり的などの作り物が飾られ、軒先には紅白の段幕を張りめぐらし、無数の紅白の団子提灯が並ぶ。

小屋前には、酒、醬油、炭、米などの俵物や、饅頭の蒸籠《せいろう》が高だかと積み上げられていた。これらは贔屓《ひいき》筋が特定の役者に贈ったもので、役者の人気を誇示するものである。

まるで祭のような、ひとを浮き浮きとさせる空間を作り出したうえに、櫓太鼓の音、笛や三味線をくわえた囃子《はやし》に、合羽《かっぱ》と呼ばれる男衆が大声で客を呼び込んでいる。

次つぎと道行くひとが、表木戸に吸い込まれていく。

一方、脇木戸のほうからは、腰をかがめて案内に立つ茶屋女とともに、着飾った客たちが、ぞろぞろと出てくるのだった。

「ちょうど、幕間のようですね」

八次郎が言った。

「なるほど。幕間は茶屋で過ごすわけか」

故郷の大野には、芝居小屋も芝居茶屋もないから、その仕組みについて勘兵衛はよく知らない。

知っているのは、芝居茶屋を通さなければ桟敷《さじき》席の予約ができないこと、さらには幕間を縫って、茶屋から食い物や茶菓が届けられる、ということくらいだ。

このころの芝居というのは、夜明けとともにはじまり、五ツ（午後八時）ごろまで延延と続く。

予約もなしに当日に入場する客は、土間席といって格子に仕切られた枡席で、一枡には六人くらいが入る。

「大入りになっても、それで満員ということにならず、大道具なんか取っ払っちまって、舞台に客を座らせることもありますよ」

と、八次郎。

「おいおい、それじゃ芝居ができないではないか」

小屋前の喧噪に目を瞠《みは》りながらも、［高麗屋］への注意を怠らない勘兵衛の目に、静かに向こうへ去っていく塗駕籠が見えた。

「その狭い空間で、踊ったり芸を見せるのが役者の本領ですよ」

「ほう」

勘兵衛は感心したが、のちの川柳《せんりゅう》でも――。

　　大当たり一坪ほどで所作をする

とか、

　　見物と役者と並ぶ大当たり

といった具合であったようだ。

さらに八次郎の説明によれば、土間席の客の入場料には、付き物、といって菓子や弁当の料金も含まれていて、それで一日じゅうを枡席で過ごす者が多い。

また茶屋を通した桟敷席では、幕間ごとに食べ物や茶菓が運ばれるが、上客になると幕間は茶屋で休み、ついでに着物までも替えて、役者の向こうを張る客もいるそうだ。

「なるほど、そういう仕組みか」

勘兵衛たちは、群衆たちから逃れるように、役者絵などを売る店先に場を移して話を続けている。

「ええ、ですからあの老女は、これから夕餉《ゆうげ》をとって幕が開くのを待つ、という寸法でしょう」

「おいおい、夕餉ではなく、中食《ちゅうじき》であろう」

「いえ、この世界では、中食を夕餉と呼ぶんですよ。あるのは朝餉に夕餉、それから芝居が打ち出し（終演）になって、最後に出るのは夜餉です」

「ずいぶんと詳しいな」

「はい。四年ほど前に一度だけですが、母に連れられて、ここの二階桟敷で芝居を見物したことがありますから。ありゃ、なかなか気分のいいもので。ま、びっくりするほどの料理ではありませんが、幕間にのんびり芝居茶屋でくつろいでおりますと、やがて、カチーンカチーンと柝《き》の音が入りましてね。これは、間もなく芝居がはじまるぞって合図ですから、そら、柝が入った、っていうんで、茶屋じゅうが、急にがやがやしはじめまして、すると茶屋女が、そろそろお時間でございます、と案内にくるわけで」

「そうなっておるのか」

感心しながらも勘兵衛は、ふと昔に心を移している。

（俺も一度だけ、芝居見物をしたことがあったな……）

あれは故郷で〈おくまのさん〉と呼ばれる熊野神社前道で、畑地に急ごしらえの小屋を建て、人形舞わしの興行があったときのことだ。

誘ってくれたのは親友の塩川七之丞《しおかわしちのじょう》で、目付職にあった塩川家に、興行の配り札がまわってきたのであった。

そして——。

（うん。［桝屋］が茶屋がわりであったな）

近辺の商店が臨時の茶屋にあてられて、勘兵衛たちは［桝屋］という餅屋で待ち合わせたのである。

七之丞に、俺に、文左《ぶんざ》に、それから……。

(園枝《そのえ》どの……)

肝心の人形舞わしの舞台の記憶は薄れたが、あのとき十二歳であった七之丞の妹の、園枝の記憶は今も鮮明だ。

しなやかそうに細い身体つきながら、ふっくらした色白の顔立ち。きらきらと、強く輝く目を持った少女と初めて会話を交わしたのは、あの興行の三ヶ月前くらいであった。

そのとき園枝は――。

物怖じしない態度で、

――無茶の勘兵衛さん?

と話しかけてきて、最近は喧嘩もしないし、無茶をしないのはどういうわけかと尋ねてきて、たぶん自分は、もう子供ではないから、と答えたような気がする。

すると園枝が、

――まあ、それじゃ、つまらないじゃありませんか。

と言ったのを鮮明に覚えている。

それ以来、勘兵衛の心の裡《うち》に園枝が住みついた。

そして、あの［桝屋］に現われた園枝は、鹿《か》の子染めの小袖に帯を胸高に締めて、凛とした風格さえ感じられ、勘兵衛には眩しかった。

（あるいは、あの日が……）

はっきり勘兵衛の胸に、初恋が宿ったときかもしれぬ。

あれから五年を経た今も、園枝は勘兵衛の胸に住み続けている。

「ん……。なにか言うたか」

追憶にひたりかけた勘兵衛が尋ねると、

「ですから、やはり［山村座］ですよ」

八次郎が言う。

「なぜ、わかる」

「ほら、あの［高麗屋］の暖簾《のれん》ですよ。大きく屋号紋が入ってますが、右上にも紋があるでしょう。あれは、［山村座］の座紋ですよ」

「おう、そういえば……」

［山村座］の櫓に大きく描かれていた座紋と同じものが、［高麗屋］の暖簾にも染め抜かれている。

「ということは、なにか？　芝居茶屋というのは、どこの芝居小屋にでも通用する、というものではないのか」

「そうですよ。大茶屋、小茶屋と区別はありますが、それぞれ座付きの茶屋になってまして、［山村座］なら大茶屋が十軒に、小茶屋が十五軒くらいを持ってます」

「そうか。そういうことか……」

となると、鈴重が［山村座］に入ることは、ほぼ確実になった。

(問題は……)

鈴重が、純粋に芝居見物にきたのか、あるいは芝居見物を口実に、何者かと密かに会おうとしているかの見極めである。

(ふうむ……)

こりゃ少し厄介だぞ、と勘兵衛は思った。

仮に、何者かと忍び会うのだとしても……。

それが［高麗屋］の一室であるのか、それとも［山村座］の桟敷席で会うのか、どうにも判断に苦しむ。

「八次郎、ちょっと教えろ」

仮にこれから、［高麗屋］の客になったとして、鈴重の座敷に近づけるかどうか

——。

「いや、それはむつかしゅうございましょう、なにしろ相手は大名家の御老女ですからね」

「それは、そうだな。茶屋女に袖の下をつかませたとしても、怪しまれるだけだ」

するると鈴重が［高麗屋］を出てくるまで見張る、ということになるが、密かに会う人物と連れ立って出てくるとは、とても思えない。

「じゃ、桟敷席には近づけるか」

「いや、それも無理です」

土間席や、舞台を後ろから見る羅漢台《らかんだい》や吉野席の客は、鼠木戸と呼ばれる木戸口から入るが、桟敷席には、それぞれ芝居茶屋ごとの入り口が内部にあって、潜り込むことはできないそうだ。

「そうか……」

すると、［山村座］の客となって探るにしても、舞台そっちのけで桟敷客を一人一人確かめていくことになって、きわめて心許ない。

（どうしたものか……）

知恵を絞ったが、名案は浮かばなかった。

（仕方があるまい……）

まことに頼りないことではあるが、鈴重が出てくるのを見張り、くっついて［山村座］に入るしかなかろう。

そこで二人して、［高麗屋］の玄関先を見張ることのできる適当な場所を物色すべく歩きかけたところ、

「お。勘兵衛さまではないか」

背後から声をかけてきた者がいる。

4

「や、これは政次郎《まさじろう》親分」

葭町《よしちょう》で割元《わりもと》（口入れ屋）を営む、［千束屋《ちづかや》］政次郎であった。

この政次郎、つい十日ばかり前に、勘兵衛をつけ狙う不穏な一味について知らせてくれたばかりである。

「異なところで、お会いしますが、芝居見物でございますかな」

「いや。そういうわけでもないのですが……」

肝胆相照らす仲であったが、政次郎には連れがいたので、勘兵衛は口を濁した。

その連れは、政次郎と同年配の四十代で、見るからに、ただ者ではなさそうな面構《つらがま》えの持ち主だった。

「ふむ……」

勘兵衛の返事に、政次郎は少し首をかしげたのち、

「ちょうどよかった。勘兵衛さまに、少し相談したいことがござってな」

言うと政次郎は連れに向かい、

「重蔵《しげぞう》さん。では、わたしはこれにて……」

「おう。また会おうぞ」

重蔵と呼ばれた男は、あっさり言うと、すたすたと通りを斜めに横切りはじめた。

「親分、申し訳ないが、今は少しばかり……」

やんわり断わりを入れはじめた勘兵衛に、わかっておる、とばかり政次郎は手を広げて押しとどめた。

「わしが相談など、いつでもよい。それより、出しゃばるようだが、合力《ごうりき》はいらぬかと思いましてな」

さすがに政次郎、勘兵衛たちの様子から、なにかを察したらしく、手伝うことはな

いかとの申し入れだった。

「それは、かたじけない」

［千束屋］は堺町にある［中村座］からすぐ近く、政次郎は歌舞伎界にも顔が利く。

逆に相談に乗ってもらおうと、勘兵衛が口を開きかけて――。

（あ……！）

勘兵衛の視線の先で、重蔵と呼ばれた男が、なんと［高麗屋］の暖簾をくぐっていくではないか。

「政次郎どの……。あの重蔵といわれるお方はいったい……」

勘兵衛の視線の先に目を向けたのち、振り向いた政次郎は穏やかに笑った。

「うん。ありゃあ、桜田和泉町で地子《じし》総代（地主の代理人）を務めている人ですよ。

というより世間では〈菰《こも》の重蔵〉というほうが、通りはよいが……の」

「菰の重蔵……」

「さようで。ま、勘兵衛さまには縁のない世界ですがな。ええっと、〈唐犬権兵衛《とうけんごんべえ》〉の大親友だと言えば、わかりますかな」

「ええっ！」

横で八次郎が驚いたような声をあげたが、それでも勘兵衛には、なんのことだかわかりはしなかった。

かれこれ二十年近く前のことになるが、政次郎と同業の割元を営む、というより江戸町奴の頭領であった幡随院《ばんずいいん》長兵衛《ちょうべえ》は、旗本奴と対立して、旗本の水野十郎左衛門《みずのじゅうろうざえもん》一味によって殺された。

唐犬権兵衛は、その長兵衛の手代だった男で、長兵衛の復讐を誓い、仲間たちと吉原帰りの十郎左衛門たちを日本堤に襲った。

この闘いで、旗本側に三人の死傷者が出たそうだが、十郎左衛門は馬に飛び乗って逃げ去ったという。

だが、この一件で長兵衛の事件のことが幕府の耳に届き、水野は不作法のかどで禄を召し上げられ切腹を命じられた。

こうして唐犬権兵衛は、我が国の侠客の元祖ともいわれる幡随院長兵衛の跡を継ぎ、二代目の町奴の頭領になったのである。

「ま、そのようなことは、どうでもよいか。いえね、あの孤の重蔵ですが、実は、[山村座]に出ている、市川段十郎の父親なんですよ」

「ええっ」

またしても八次郎が驚いた声を出したが、勘兵衛だって驚いている。

「実は、［山村座］の今度の新狂言に、例の中村勘之助《なかむらかんのすけ》が出ておりまして、ま、そんなわけで勘之介に祝儀を届けにまいりましたところ、ばったり楽屋で菰の重蔵に出会ったということでございますよ」

中村勘之介は、政次郎の手下の一人で彦治《ひこじ》という者の弟である。

その彦治は昨年に、政次郎に敵対していた［般若面《はんにゃめん》の蔵六《ぞうろく》］一味の襲撃で命を落とした。

「ははあ、なるほど」

あのときのことを思い出しながら、うなずく勘兵衛だったが、やはり、政次郎は顔が広い。

（さて、どのように話を持ち出せばよいか……）

その顔の広い政次郎に、なにを、どう頼めばよかろうか、と思案しはじめた勘兵衛に、政次郎のほうから水を向けてきた。

「権蔵さま、がらみのことで、ございましょうかな」

「や……！」

当たってはいないが、勘兵衛は少しばかり驚いた。関連はないでもない。

権蔵は、言わずと知れた福井藩前藩主の落とし種である。

そして、その権蔵を刺客の目から隠すのに協力してくれたのが、誰あろう、この政次郎だ。

政次郎が持つ本庄（本所）・押上村の土地に目くらましの剣術道場を建てて、そこへ権蔵や、権蔵を担ぐ福井藩からの脱藩者たちを潜ませたのであった。

「なぜ、そのように思われたのですか」

率直に尋ねた勘兵衛に、政次郎はうっすらと笑い、

「いやさ。勘兵衛さまが、菰の重蔵が［高麗屋］に入っていくのを見て、なにやら食指を動かされたようですからな」

「ま、それは確かですが」

それが、どう権蔵につながるというのか――。

「つまりは、こうでございますよ。あの［高麗屋］には、ただいま、福井藩の御老女さまとやらが、ご来駕とか……」

「…………」

「菰の重蔵によれば、その御老女さまは、［山村座］打ち出しのあと、段十郎を座敷に呼びたいと仰せとか。先ほど［高麗屋］より御老女さまご到着と報せがありましてな。それで重蔵は挨拶に向かった次第」

「そういうわけか」

「そこで連れ立って［山村座］を出てきてみたら、その［高麗屋］の前に勘兵衛さまがいらっしゃる。といって、ご様子を見れば、どうも芝居を観にきたようでもない。となれば……」

あの権蔵に福井藩のちょっかいがかかり、それで勘兵衛が、福井藩老女のあとをつけてきたのではないか、と察したらしい。

いやはや、たいした勘働きだ……と勘兵衛は今さらながら感心した。

「実は、松平直堅（権蔵）さまのことではありません。詳しい事情は言えませんが、あの老女は鈴重という名で、どのような人物と接触を持っているかを、実は探っておるのです。ところが鈴重が芝居茶屋に入ってしまい、さてどうしたものか、と困っておったのです」

「ははあ、そういうことなら、たやすいこと。あの［高麗屋］にも［山村座］にも顔が利きますでな。ここはひとつ、この政次郎におまかせを」

「いや。まことにかたじけない。お願いできますか」

「なんの礼など、水くさいことを。そうと決まれば、今夜にでも、猿屋町のほうへお知らせいたしやしょう。それより、このようなところでうろうろなさっちゃ、かえって怪しまれないともかぎりません」

「では、そうさせてもらおう。すまぬな」

地獄に仏にでも出会った心持ちで、勘兵衛主従は木挽町を立ち去ることにした。

5

さて、その夜も四ツ（午後十時）をまわったころ、猿屋町にある勘兵衛の町宿に政次郎が訪ねてきた。

「夜分に申し訳ありませんな。鈴重が村松町の屋敷に帰るまでを見届けましたら、このような時刻になりました」

「とんでもない。とんだご厄介をおかけしましたね。で……」

「はい。あいにく、ただの芝居見物のようでございましたな。［高麗屋］でも［山村座］でも鈴重のほかは、配下の御女中らしいのが二人に、供侍が一人。この間、誰とも会っておりません。で、芝居がはねたあとは、市川段十郎に［山村座］の主で山村長十郎の二人が、［高麗屋］の座敷に挨拶に出向いただけでございますよ」

「そうですか……」

「ところで、おおきにお世話でありましょうが、勘兵衛さまは、あすからもまた、あの鈴重を見張られるおつもりで……」

「う……うむ」

「そりゃ、たいへんだ。第一、あのあたりは武家地ばかりで、見張る場所にも困られるでしょう」

「それはね……。致し方なく、浜町のほうから見張っておるのだが……」

「入り堀ごしに……？」

「さよう」

「なるほどね……」

この越前福井藩の江戸屋敷であるが――。

元は、西本願寺の別院や末寺が建ち並んでいたところが明暦の大火で燃え落ちて、その跡地が越前福井藩の江戸屋敷地になった。

そしてこれより八年後には、屋敷地は移転して橘町という町地となるのである。

また、それから十年ほどたって――。

大川より引かれた浜町河岸は、福井藩江戸屋敷の北西の角地あたりで堀留となっていたのが、さらに延伸して神田堀ができ、勘兵衛の言う浜町は、元浜町と名を変える。

余分なことながら、江戸切り絵図を手に物語を読み進める読者のために、付言しておいた。

それはそれとして、

「しゃしゃり出るようですが……」

と前置きして政次郎が言うには、いくら入り堀ごしにとはいえ、毎日毎日同じ二人連れが、福井藩上屋敷の出入りを見張るには、多少の無理があろう、というものであった。

それは、すでに三日間を張り込んで勘兵衛自身、いささか気になっている点でもある。

「で、どうでしょう。幸い我が家には、腐るほどに手下もおりますんで、そいつらを、とっかえひっかえして使いましたら、そう目立ちもいたしません。いかがでしょうかな」

と、これも、ありがたい提案である。

「動きがあれば、もちろん跡をつけさせると同時に、勘兵衛さまにもお知らせいたしやすよ。つなぎ役は［へっついの五郎《ごろう》］でどうでしょう」

五郎は、政次郎の手下のうちでも心利いた者であった。

勘兵衛は、政次郎の好意を素直に受けることにした。

「ところで、安井長兵衛《やすいちようべえ》の件でございますがな……」

「おう」

それについては、勘兵衛も知りたいことがあった。

安井長兵衛は、箔屋町で幕府より日傭座支配を請け負っている人物で、稼業の対立から政次郎を目の敵にして、これまでにも何度か命を狙っては失敗している。

そもそも、勘兵衛が政次郎と知り合ったのも、ちょうど闇討ちの現場に通りかかって助太刀をしたのがはじまりだ。

悪縁といおうか、因縁といおうか、これまで勘兵衛は、その安井長兵衛の用心棒を、二人も斃《たお》している。

最初は馬庭念流の遣《つか》い手であった嵯峨野典膳《さがのてんぜん》、そして次が、丹石流の三谷藤馬《みたにとうま》……。

それも三谷のほうは、まだ記憶もなまなましい、わずかに十一日前のことであった。

その陰に、思わぬ因縁が潜んでいる。

この七月の終わり、新吉原において二人の武士が謎の死を遂げ、身許も知れぬままに、三ノ輪の浄閑寺に無縁仏で葬られるという事件があった。

実はこの二人、勘兵衛にとって若君である松平直明の付家老の小泉長兵衛《こいずみちようべえ》と、付小姓組頭の丹生新吾《にうしんご》である。

二人は若君に阿諛追従《あゆついしょう》するあまり、御家をも危うくする行動をとるので、ひそかに始末がおこなわれたのだ。

だが家中でも知る人の少ないこの事件に、直明の小姓であった林田久次郎《はやしだきゅうじろう》という若侍が気づいた。

勘兵衛が知りたいのは、その林田の消息である。

「あの、長兵衛の色子《いろこ》のことでございますがな……」

政次郎が話しはじめたのは、まさに、その林田のことであった。

「九月四日の夜、なにがあったかは知れませんが、長兵衛のところは大騒ぎであったそうな。用心棒の浪人二人が手傷を負って、子分どもに担がれてくるわ、夜中に大八車を出して、どこぞから仏になった用心棒を運び込むわ、といった具合だったそうでな」

政次郎は薄く笑いながら話しているが、もちろんそれが、勘兵衛の仕業であろうと見抜いているようだ。

その話に、横から八次郎が勘兵衛を見たようだが、素知らぬ顔を通した。

西久保の砂取り場での決闘については、もちろん話してはいなかったからだ。

「で、林田は戻ったのでしょうか」

「ああ、戻ってきたそうですよ」

（ばかめ……！）

思わず勘兵衛は、胸の内で毒づいた。

実は政次郎、自分の息のかかった者を長兵衛の家に送り込んでいて、あちらの動向は筒抜けなのであった。

どうやら林田久次郎、吉原で死んだ丹生新吾とは若衆と念者、つまりは男色で結ばれた関係であったようだ。

その林田が、丹生新吾を手にかけたのが勘兵衛と誤解して、情人《じょうにん》の復讐に執念を燃やした。

だが、剣の腕で勘兵衛に立ち向かえるはずもなく、結果として、勘兵衛に敵愾心を抱く安井長兵衛の懐に飛び込んだらしい。

それも美少年を好む長兵衛の色子にまで、成り下がって……。

それで長兵衛は、勘兵衛の討ち取りにかかり、それで西久保の決闘となったのだ。

三人の浪人のうち、二人に戦闘不能の手傷を負わせ、もっとも腕の立つ三谷藤馬を斃したのち、若衆姿で逃げ出そうとした林田に勘兵衛は、

――そんなことをしていて、親父どのが悲しむとは思わぬか。誰にも言わぬゆえ、早く故郷に戻れ。

と声をかけたのだが、どうもむなしく終わったようだ。

今なら、まだ脱藩者と知られることなく、故郷に戻れていたものを……と、勘兵衛は唇を噛む。

「ところが二日前、その色子が忽然と姿を消したそうで」

「ほう」

そうか。結局は故郷に戻ったか、と勘兵衛は思ったのだが、政次郎は、さらにことばを継いだ。

「色子に逃げられた長兵衛は、恩を仇で返された、と血相を変えて怒ったそうでございますよ」

「ふうむ」

「林田、と申しましたか、実は林田が長兵衛のところから姿を消す前日に、父子らしい二人連れの侍が、林田を訪ねてきたそうでございます」

「父子らしい、侍？」

「はい。なんでも、にゅうとか名乗ったと言いますが……」

「なんですと……！」

思わず勘兵衛は、眉をひそめた。

（丹生新吾の……？）

そうとしか思えない。

そして父子らしい侍、と考えれば――。

（うむ、そういうことか）

丹生新吾の父は丹生文左衛門《ぶんざえもん》といって、故郷の城下で御納戸方の役にある。

新吾の弟は兵吾《へいご》といって勘兵衛とは同い歳、特別に親しかったわけではないが、故郷の家塾で机を並べた仲であった。

その丹生の実家に林田が、新吾は勘兵衛の手にかかって殺された、と文を出していたとしたらどうだろう。

勘兵衛を息子の仇《かたき》、兄の仇と江戸へ出てきても不思議はない。

そして、林田を訪ねた。

するとおそらく、三人の間では、一致協力して勘兵衛を討とう、という話になっただろう。

一方で林田は、丹生父子に、渡世人ふぜいの色子となっている現実を知られることを恥と考えた。

(それで、長兵衛のところを出たか)

水が低きに流れるがごとく、勘兵衛の思考は、そこに行き着いた。

「その父子らしい侍に、お心当たりがございますか」

「うむ」

「なれば、勘兵衛さまに新しい敵が現われたことになりますな。十分に、お気をつけくださいますように」

林田が安井長兵衛の懐に飛び込んでいったのは、元はといえば、この政次郎の用心棒で、勘兵衛の道場仲間でもある横田真二郎《よこたしんじろう》の口の軽さが原因であった。

だから政次郎は、林田が勘兵衛を仇とつけ狙うわけを、うすうすながら知っている。

「はい、ありがとうございます」

政次郎に礼を言ったのち、勘兵衛は八次郎にも、

「聞いたとおりだ。おまえも、俺の巻き添えにならぬよう。くれぐれも気をつけるのだぞ」

言うと八次郎は、神妙な顔になり、

「は。いや、このところ、つい稽古を怠っておりましたが、あすにも道場にまいりま

す」

と言った。

しかしながら八次郎の通う［高山道場］の師範である政岡《まさおか》進《すすむ》に言わせれば、

——まあ、長い目で見ることだ。

ということであるから、八次郎に剣の才はなさそうであった。

6

「ところで政次郎親分、昼に木挽町で、なにやら拙者に相談があるような口ぶりでございましたが」

あるいは口実だったか、とは思いながらも勘兵衛は尋ねた。

「そうでございましたな。いや、実は先日に、新保《しんぼ》先生がお見えになりましたよ」

「や、お元気でしたか」

「はい。意気軒昂でございましたな」

「それは、なにより」

かつて勘兵衛は、病気で動けぬようになった百笑《どうめき》火《か》風斎《ふうさい》という老武芸者を助けたことがある。

新保龍興《たつおき》は、その火風斎の娘婿であった。

その新保を政次郎が先生と呼ぶのは、一時期かれが、政次郎の用心棒をしていたためだ。

そのような縁から新保は、前福井藩主の落とし種である権蔵を押上村に隠す際、目くらましに建てた「火風流道場」の道場主になってもらった。

「新保先生のお話では、永らく世話になったが、今年いっぱいで道場を閉じて、押上村の土地をお返しするつもりだと言われてな」

「なんと……」

「はい。正式に松平直堅さまにお仕えする所存とか」

「ははあ、そういうことになりましたか」

「はい。話がもう少し煮詰まってから、勘兵衛さまにもご挨拶に上がるというようなことを言っておりましたが……」

「ふうん」

もちろん勘兵衛に、口出しできることではない。

（すると、そろそろ……）

実は勘兵衛、百笑火風斎が亡くなる前に、〈残月の剣〉という秘剣を伝授されている。

そのころ新保は、酒に溺れ、意気喪失した生活を送っていたころで、もし新保が立ち直ったときには、自分に代わってその秘剣を伝えてくれ、と遺言されていた。

そんなことを考えている勘兵衛に、

「ところで、直堅さまのもとに、福井から馳せ参じてきた家士は、近ごろ五十人を超えたそうでございますよ」

「ほんとうですか」

直堅が住む西久保の屋敷には、つい先日顔を出したが、誰もそんなことを言わなかったので、勘兵衛は驚いた。

「そのようです。で、新保さまが言われるには、いよいよ直堅さまのところも家としての基盤が整いつつあって、比企《ひき》さまが家老格として采配をふるっているそうですな」

「そうなんですか」

比企藤四郎《とうしろう》は、福井藩脱藩の際に勘兵衛の弟と知り合い、江戸にきてしばらくは、この猿江町の町宿に滞在していた。

「その比企さまに頼まれたのだが、と新保先生が言われるには、なにしろ五十人を超える男所帯で、殺伐として困る。そろそろ御女中なども屋敷に入れて、家の体面を整えねばならぬのだが、その奉公におしずを出さぬか、と言われましてな」

「えっ、おしずさんをですか」

　おしずは、政次郎の一人娘で十七歳、ちゃきちゃきしたしっかり者で「千束屋」の奥向きを一人で切りまわしている。

「これにはわたしも頭を抱えました。といって、無下《むげ》にお断わりするわけにもまいりませんでな。ま、一応、おしずの気持ちも聞いておこうと話しましたところ、これが、まんざらでもなさそうなんです」

「ほほう」

「娘心とはわからぬもので、松平直堅さまは、御血筋からいっても、いずれは大名になられるお方だろうし、そういうところで行儀作法を教えてもらえれば、あたいだってお武家さまのところに嫁に行けるかもしれない、などと言いだす始末でしてな」

「ははあ……」

「で、勘兵衛さまのご意見は……」

「いやあ、そればかりは、なんとも。ただ、直堅さまが大名になれるか、どうかは、わたしには判断がつきません。というより、今は、わずかに五百俵ほどの捨て扶持の、まさに貧乏所帯でありますからね。しかも、そこへ家臣が五十人を超えたとなると、もう、これは……」

頭割りにしたところで、一人に十俵もあたらぬことになる。

貧乏旗本の代表格である小十人組でさえ、〈百俵六人泣き暮らし〉といって、家族が六人あると生活が苦しい、と言われるほどであるから、それよりまだひどい。

「…………」

「つまり、あまり期待されると、がっかりされることになろうか、とも思いますが」

「そうですなあ。しかし、新保先生が言われるには、この冬、直堅さまに正式に、従《じゅ》五位下《ごいげ》備中守の叙任が下されるそうですよ。それで、いやしくも大名に列する官位の者に、五百俵では釣り合いがとれぬ、というわけで、まだ内内でございますが、五千俵の捨て扶持が下されると決まったそうでございましてな」

「そうか。それはめでたい話ではないか」

勘兵衛は朗報と喜び、

（となると、話は別だ……）

五千俵といえば五千石に匹敵し、大名に届きはしないが、大身旗本として通用する。

「しかし、おしずさんを出してしまうと、政次郎親分がお困りではないのですか」

「それは、そうなんですがね……」

政次郎には珍しく、ちらりとはにかんだような表情になったあと、

「おしずが言うには、あたしが居座っていたんじゃ、いつまでたってもお父っつあんは、のち添えをもらわないだろうし、お父っつあんのいい人だって、遠慮をするだろうし、なんて言いやがってね。あのやろう、これまで知らんぷりを決め込んでいたんだと、初めて知りましたよ」

「ははあ……」

その口ぶりからすると、政次郎には誰か、意中の女《ひと》がいるらしいのだが、それを知らぬと思っていたおしずには、とっくにお見通しであった、ということらしい。

「ま、もう少し、おしずとは話し合ってみましょう」

言って政次郎は、あすから越前福井藩の江戸屋敷を見張る段取りを告げたあと、戻っていった。

秋葉権現社

1

その日、勘兵衛は晩秋ののどかな陽の下を、御厩《おんまや》河岸の渡しで大川を渡った。

小魚でもいるのか、行く手の浅瀬に白鷺が群れている。

きのう勘兵衛は、福井藩江戸屋敷を見張っている政次郎の手下に会いにいった。

実は、あれから十日がたとうというのに、いっこうに鈴重が動かない。

動きがないといえば、林田久次郎や丹生文左衛門父子と思われる連中も、あれきりである。

律儀にも、毎晩遅くに、その日その日の報告にやってくる「へっついの五郎」に勘兵衛は——。

──日暮れてからの外出は、まずあるまい。だから、暮れ六ツを過ぎたあとは引き上げてもらっていいのだが。

夜中の張り込みまでは気の毒だった。

──へえ、そりゃあそうでしょうが、万一ってぇこともありやすからね。なあに、お気遣いなんて無用ですぜ。そのあたりは、こちらも適当にやってまさあ。

五郎によれば、通行人やら行商人をよそおった数人で、屋敷まわりを見張っているが、日暮れてのちは、その夜の当番一人を残し、あとは近間の居酒屋に場を移して、がやがややっていると言う。

──そうなのか。では、こうしよう。あすからは、なにもなければ、わざわざ報告にくるには及ばない。でないと、どうも心持ちが悪い。

──へい。そういうことなら、あすからはそうさせていただきやす。

言って、五郎は帰っていったのだが……。

(少し、心ないことを言ったのではないか)

すぐそのあとに、勘兵衛は思った。

五郎にすれば、親切心で毎晩やってくるものを、「心持ちが悪い」などとは、失言ではなかったろうか。

それより、むしろ酒手でも渡して、「いや、苦労をかけるな」くらいの労《ねぎら》いをしてやればよかった、などと反省した。

それで遅ればせながら勘兵衛は夕暮れも近くなって、福井藩の屋敷あたりにいるはずの、[へっついの五郎]に酒手を届けることにした。

このところ若党の八次郎は、午後になると感心に[高山道場]へ通いつめている。

勘兵衛が出かけるとき、まだ八次郎は道場から戻っていなかったので、

——出かけてくる。帰りは少し遅くなるかもしれぬ。[和田平]に寄るので、夕餉は要らぬぞ。

と飯炊きの長助《ちょうすけ》爺さんに伝言して、町宿を出た。

両国広小路のほうから、〈矢ノ倉〉と呼ばれる蔵地脇の道を抜けていくと、先の街角に、いかにも荷人足といった風体の男が、道端にしゃがみ込んで一服点《つ》けているのが見えた。五郎である。

相変わらずきょうも、越前福井藩の老女は出かけぬようだ。

五郎に、半紙に包んだ酒手を握らせて礼を言い、みんなで飲んでくれと言い置いて、そのまま勘兵衛は[和田平]に向かった。

浜町河岸の堀留のところから東に、ほんの数町、新大坂町を抜けた角地に[和田

平」はある。

（あまり間を空けると、また恨み言を言われるからな……）

勘兵衛は、そんな言い訳を胸にしているが、なんのことはない。

女将の小夜《さよ》と情を交わして、かれこれ一年と少し、そろそろ女というものがわかってきはじめた勘兵衛にとって、小夜との逢瀬は、まことに貴重なものとなりつつあった。

さて、その夜も遅く――。

いつもより早めに店を閉めた小夜と寝所で肌をまじえ、そろそろ戻らねばな、と勘兵衛が衣服を整えはじめたころであった。

どんどん、と激しく表戸を叩く音がする。

――おや。ここか。

――はて、今ごろ、どなたはんやろ。

小夜が首をかしげたころには、音はやんだ。

――源吉《げんきち》さんが出たんでしょ。ちょっと様子を見てまいります。

言って手早く身繕いした小夜が、寝所を出て行った。

源吉、というのは、小夜が大坂から連れてきた六十過ぎの板前で、やはりここの仲居頭をしている、お時《とき》と夫婦者だった。

［和田平］の住み込みは、その二人だけである。

小夜を追うように、勘兵衛も寝所を出て玄関に通じる廊下に足を踏み入れると、小夜が滑るようにやってきて、

――あの……若党の八次郎さまが。

――なに、八次郎が……。

――はい。源吉に潜り戸を開けるように言いつけました。

――お、すまぬな。

なにごとがあったか、と思いながらも、勘兵衛は少し肝を冷やした。

これまで、小夜との関係をひた隠しにしてきたせいである。

――いかが、いたした。

玄関先で、源吉の持つ手燭《てしょく》に照らされながら八次郎は、

――は、ちょっと。

恐縮したようにうつむいた。

――ふむ。ちょうど出るところだった。一緒に帰ろうか。

勘兵衛は、ちらと小夜を振り向き、八次郎の背を押すようにして潜り戸から出た。

八次郎は無言で提灯に火を入れ、短い石畳を踏んで二人で表通りに出ると、そこは天空高くから、細い月の光が届くばかりの闇で、人っ子ひとりも通っていない。

——お邪魔をいたしましたか。

まず、八次郎はそう言ったが、これには勘兵衛も答えようがない。

この八次郎を、勘兵衛は一年半ばかり前に一度だけ、「和田平」に連れていったことがある。

大戸を下ろした料理屋の奥から、女将と連れだって出てきた勘兵衛を見て、そうと察したにちがいなかった。

主人の秘密をかいま見たことで、おそらく八次郎はおろおろとして、勘兵衛は勘兵衛できまり悪さから、両方ですくんでいる、といった体《てい》であった。

——申し訳ありませんでした。

まずは、謝ったあと八次郎は、

——しかし、もう心配で、心配で、林田のことがありますからね。それに、そろそろ四ツ半（午後十一時）は、まわったころでございますよ。

——いや。すまぬ。すまぬ。

（そうか、それで八次郎は心配してくれたのか）

それにしても、楽しい時間は、あっという間に過ぎるものだな、と勘兵衛は思った。

――それと、夕刻に松田さまからの使いがまいりました。

――お、なんじゃ。

――はい。あすの正午ごろ、向島・秋葉大権現門前にある［青柳屋］という料理屋に来られたし、とのことでございます。

――ほう。向島にな。

――秋葉大権現は、紅葉の名所でございますよ。紅葉狩りらしゅうございます。

――そう言ったのか。

――はい。そのようなことを。

（ふうむ）

少し考えたのち、勘兵衛は言った。

――じゃ、あすは一緒にまいろうかの。

――ほんとうですか。

勘兵衛の足元を、提灯で照らしながら進む八次郎が嬉しそうな声を出した。

それで、きょう、勘兵衛は八次郎とともに御厩河岸の渡しで、川向こうに向かっている。

2

船着き場は武家屋敷の裏手で、近くの川べりには、これより川上で殺生をしてはならない、と書かれた高札が立っている。

言わずと知れた漁や猟を禁ずる立て札で、浅草寺の要請によるものだそうな。

これ、のちには犬公方《くぼう》の命令で、駒形堂とここに〈浅草観音戒殺碑《かいせつひ》〉と呼ばれる立派な石碑が建立されて、高札がわりとなるのであるが、これはまあ余分な話である。

八次郎と二人、大川べりの道を北に向かいながら、

「ずいぶんと冷え込むようになったなあ」

「まことに」

もう九月も末で、五日前には立冬を迎えている。

きょうの八次郎は、珍しく口数が少ない。

やはり、昨夜のことのせいであろう。

なにしろ八次郎は、十七歳という多感な年ごろであった。

おまけに、普段から、どこか物見高いところもある。

いったい勘兵衛と小夜が、いつから、どんなふうに男女の関係に入ったのか、それをどうしても知りたいのだが、聞くに聞けない、といったところであろうか。

もちろん勘兵衛も、そんなことを自慢たらしく話す趣味など持ち合わせていない。

まあ、一種の膠着状態であった。

(それにしても……)

江戸留守居の松田は、いったいなにを考えているのか……などと勘兵衛は思っている。

つい先には、しばらく鈴重に張りついて、その動向に目を光らせろ、と命令しておきながら、今度はのんびり紅葉見物に誘うとは。

(あるいは、先の命令など忘れてしまっておるのではないか)

いやいや、まさか、あの食えない老人のことだ。

なにやら大事な話があるのかもしれん、などとも考えながら歩を進める。

やがて源森《げんもり》橋で源森川を渡ると南本庄に別れを告げて、牛島、向島に入る。

これより八年ののちに、本庄一円は武家地も町家もすべて御用地として召し上げられてしまうが、貞享五年（一六八八）の九月に再び市街が再開された。

本《もと》の所に帰ることができた住民は、これを祝い、以来本庄は本所と名を変えるのであるが、これは蛇足。

彼方には三囲《みめぐり》稲荷、そのさらに右手のほうにこんもりと赤く染まった一帯が、めざす秋葉大権現社であった。

道は土手道に変わり、目を西に転ずれば、大川の向こう、浅草の町並みの先に、浅草寺の大屋根が日光をはじき返して白っぽく見える。

さて、めざす秋葉大権現は、遠州の秋葉権現を勧請して、請地《うけち》村に元よりあった千《ち》代世《よせ》稲荷の相殿《あいでん》としたもので、それで土地《ところ》の人は今も千代世稲荷と呼びならわしている。

のちの〈江戸名所図会〉では――。

境内林泉、幽邃《ゆうすい》にして四時遊観の地なり

と記されたとおり、池の周囲には松、梅、杜若《かきつばた》、躑躅《つつじ》、萩、楓などなど、四季折折の花がひしめく遊覧の地であったが、なにより江戸一番の紅葉の名所として知られているところだ。

だから土手上には、ぞろぞろと着飾った遊興客らしい人人が目につくし、派手な日傘をかざした婦人たちを乗せた舟も、大川を上っていく。

いよいよ秋葉大権現社も近づくと、大小の料理屋や茶屋がおびただしい。

店の前には必ず生け簀があって、覗いてみると鯉だの鮒《ふな》だのが泳いでいる。

これは単に、通行人に活きの良さを見せつけるためだけではなく、生け簀の清水を取り替えながら泳がせているうちに、川魚特有の臭みをとるのであった。

「このあたりは、鯉の洗いが名物でしてね」

横っちょから、八次郎が言う。

「きっと、昼飯に出ますよ」

「好物なのか」

「はい。あんなにうまいものはありません」

「ふうん」

勘兵衛自身は、あまり美味と思ったことはない。特に鮒など、生臭くて苦手だった。

［青柳屋］は、すぐに見つかった。

玄関先の脇には、やはり鯉が泳ぐ生け簀があって、その横に八次郎の兄で、松田の若党である新高八郎太《はちろうた》が立っていた。

「お待ちしておりました。ご案内いたしましょう」

八郎太は快活な声で言い、ぽんぽんと弟の肩を叩いたあと中に入っていった。

外観は、いかにも鄙《ひな》びたという藁葺き屋根の建物だったが、内部の造作や調度は凝《こ》っている。

「やあ、きたか」

庭に面した奥の小部屋で、松田は上機嫌に笑ったあと、

「わしらは、ちょっと出かけてくるでな。八郎太に八次郎は、ここで好きなものを好きなだけ注文して、食っておれ」

言って勘兵衛には、

「紅葉弁当なぞというものを求めておいたでの。これから二人して、紅葉見物としゃれようではないか」

目配せした先に、風呂敷包みと青青とした竹筒があった。

「わかりました」

さてはやはり、なにやら密談でもあるのだろうと察し、勘兵衛は、酒でも入っているらしい竹筒の紐を帯の左側にたばさんで吊るし、やはり左手で、重箱を包んだ風呂敷包みをぶら下げた。

「青柳屋」を出て秋葉大権現社の惣門をくぐり、人人人の遊客《ゆうかく》の仲間入りをした松田

は、

「おう、おう、みごとなものじゃ」

真っ赤に色づいた紅葉や、黄金色に輝く銀杏《いちょう》を見上げながら言う。

秋空の青を背に、それはたしかにみごとな眺めにはちがいない。

「どこぞで、弁当でも広げようではないか。どこがよいかな」

結局は一町（約一〇〇メートル）ほどを進み、池からなだらかに斜面をなす丘陵の草地に腰を下ろした。

「さてさて、まずは一献」

さっそくに三段重ねの重箱を並べ、松田は重箱とともに入っていた竹節を残して作った竹猪口《たけちょく》を、勘兵衛に渡した。

「では、松田さまから」

勘兵衛が腰の竹筒から酒を注ぐと、松田は鼻をくんくんとさせて、

「ふむ。よい香りじゃ」

「これが竹筒酒ですか」

自分の竹猪口に酒を注ぎながら勘兵衛が言うと、

「そうそう、竹酒とも言うな。柚子《ゆず》皮を入れると、一層にうまいのだが……」

言いながら松田は、静かに竹猪口を口に運んだ。勘兵衛もならった。

ほのかに竹の香が移った酒が、つるりと喉を通っていく。

他所《よそ》から見れば、この二人、老武士と若い供侍が行楽にきて、弁当をつつきながら酒を酌み交わしている、としか見えないであろう。

それを松田は狙っているのであろう、と勘兵衛は察した。だから、できるだけのどかな表情を作り、

「では、さっそくながらご馳走になります」

重箱にぎっしり詰め込まれた料理のうちから、くわいの煮染《にしめ》に箸を伸ばした。

「おお、どんどんと食え。きょうは、いろいろと話が多うてな」

松田は、長芋の短冊に箸を伸ばしながら言った。

「で、どうじゃ。塗駕籠の女狐のほうは」

「はい。あれ以来、外出は一度きりでございまして……」

行き先は木挽町の芝居茶屋で――と、当日の経緯を報告し、その後は［千束屋］政次郎の配下たちが、鈴重を見張ってくれていることを伝えた。

「そうか。政次郎には、なにかと世話のかけどおしじゃな」

「はい。ありがたいことで……」

「ところで、政次郎には反目する相手がおったな。たしか、日傭座支配の安井長兵衛というたか」

「あ、はあ……」

その長兵衛のところに、元は若君の小姓であった林田久次郎が関わって、少し剣呑《けんのん》なことになっていた。

だが、あくまで個人的なことだから、と松田に報告するつもりもなかったが、改めて長兵衛の名が松田から出たものだから、勘兵衛の声は自ずから小さくなった。

それを、まるで見越したように、松田は仏掌薯《つくいも》と木耳《きくらげ》の白味噌あえを口に放り込むと、もぐもぐ口を動かしながら、のどかな声で言った。

「今月四日の夜のことだそうじゃが、その長兵衛のところの用心棒どもが、三人ばかり斬られたそうじゃ。おまえ、知っておるか」

いたずらっぽい顔になって、覗き込んでくる。

(やっぱり、食えぬ御仁だ……)

勘兵衛の仕業と知って言っているのだろうから、逃げ隠れはできない。

「はて、それにしても、そのようなこと、どこからお耳に入りましたか」

そのことが不思議である。

「おう、それはのう。つい先日のことだが、火盗改めの岡野《おかの》どのが、ふらりと立ち寄られてな。ちょいちょいと耳に入れてくれたのよ」

「ははあ」

そうだったか、と勘兵衛は納得する。

以前の経緯《いきさつ》で、岡野成明《なりあき》を頭とする火盗改めは、上野《こうづけ》、下野《しもつけ》あたりの街道筋に出没する追い剝ぎ団を一網打尽にしたうえに、その仲間でもあった霊岸島の［般若面の蔵六］一味も捕らえている。

それには勘兵衛も、大きく絡んでいた。

で、火盗改め与力の鷲尾平四郎《わしおへいしろう》は、取り調べの結果、蔵六の後ろには、もっと大きな鼠が控えている、と勘兵衛に言ったことがある。

その大きな鼠というのが、安井長兵衛であった。

――調べれば調べるほど、長兵衛は、かなり阿漕《あこぎ》なことをやっていることがわかってきてな。おいおい探索を深めて、いずれは動かぬ証拠で追いつめてやろうと思っておる。

そう言ったのは、もう一年以上も前のことだが、今もあきらめずに探索を続けていたのだろう。

「いや。わしも驚いたのじゃが、なんと、その長兵衛のところに、林田久次郎がおるそうな」

（あ……！）

と勘兵衛、これにはほんとうに驚いた。

まさか、松田がそこまで知っているとは意外だったのだ。

（そうか……）

つまりは長兵衛のところに密偵で潜んでいるのは、政次郎の手だけではなく、火盗改めの密偵も入り込んでいる、ということにほかならぬ。

「おう、こいつもうまそうじゃ」

松田は九年母《くねんぼ》の甘煮に箸を伸ばしながら、

「ところで、なにゆえ林田が、と考えてみたのじゃが、わしにはとんと見当がつかぬ。おまえ、ちょいと謎解きを聞かせてもらえぬかのう」

「ははあ……」

久次郎のことは、故郷の大野で御納戸方の林田家に累が及んでは、と考えていた勘兵衛だったが、もうこれ以上は庇《かば》いようもなかった。

「多少、長い話になりますが……」

結局のところ、新吉原で死んだ小泉長兵衛と丹生新吾が、無縁仏として三ノ輪の浄閑寺に葬られたところから、話を起こすしかないのであった。

3

「ふうむ、丹生と林田がのう」

二人が念者と若衆の関係で、勘兵衛を丹生新吾の仇《かたき》と思い込んでつけ狙った末に、安井長兵衛のところへ走ったという話に、松田は大きく溜め息をついた。

「ところで、その林田のことですが……」

「なんとも親不孝なやつだ。そんなことを知られれば、父御の久左衛門は腹を切ろうし、林田の家はひとたまりもなかろう。いやさ、この話はわしが胸ひとつに収めておくから、安心せい」

わかっておる、とばかり、松田がうなずく。

「ありがとう存じます。ですが、そうではなくて、林田はもう、長兵衛のところを出たようで」

「なんじゃと」

「はあ、これも政次郎さんからの情報ですが、長兵衛のところから姿を消す前に、林田のところに、丹生と名乗る親子連れらしい武士が訪ねてきた、というのですが……」

「ふうむ……」

松田の眉根が寄った。

しかし丹生新吾の父親と弟が故郷にいれば、これは勘兵衛の思い過ごしである。それで勘兵衛は先日、実家の父親に問い合わせの文を出したばかりであった。

「となると勘兵衛、おまえ、よほどに用心をせねばならぬぞ」

「はあ」

松田は、すっかり真顔になって言う。

「いやさ。丹生文左衛門の家は家族揃って姿を消した、と大野から連絡が入っておる。逐電したのは、ひと月も前のことじゃ。こりゃ、どう考えても、そういうことじゃろう」

「そうなりますね」

そうか、丹生文左衛門一家は大野を逐電《ちくでん》していたのか。

父の返事を待つまでもなく、松田からそのことを知らされた勘兵衛は、いよいよ推測が現実になったと感じた。

「ゆめゆめ油断するでないぞ。丹生文左衛門は、へらへらした男と思われているが、あれで富田流の小太刀の遣い手じゃ。また伜の兵吾だが、弓を得意とすると聞いたぞ」

「そうで、ございましたな」

勘兵衛は剣術ひと筋で、弓は家塾で基礎的なことを教えられただけだが、兵吾はたしか日置《へき》流の弓術道場に通い、かなりな腕だと聞いたことがある。

その道場の看板には麗麗しく、〈日置当流免許皆伝〉と書かれていたのだが、他の道場の看板とはいささか様子がちがい、勘兵衛はいつも首をかしげたものだった。

(弓か……)

はたして自分の剣が、飛び道具に対処できるのかどうか……。

経験がないので、なんとも想像がつかない。

「ただまあ、若生子《わかこ》峠の番所の話では、文左衛門夫婦に兵吾の三人、美濃の親戚の祝い事へまいる、という口実で通ったそうじゃが、弓などは持っていなかったとのことだったがな」

「そうですか」

さすがに松田の許《もと》へは、いろんな情報が集まっている。

若生子峠は美濃への街道にあたるので、大野藩の番所があるところだ。

それはさておき――と勘兵衛は思った。

「ま、ご心配をおかけして申し訳ありませんが、十分に注意をいたしますゆえに、ご懸念には及びません。それより、ほかにも話がございますのでしょう」

「それそれ。さて、次はどいつを話そうかの。うむ、過日そなたに調べてもろうた〈一粒金丹〉な」

「はい」

「それ、ひと箱を土産に福井藩江戸家老の芦田図書がやってきおった。七日前のことだ」

「福井藩の江戸家老が……？」

「うむ。口上はこうじゃ。先の権蔵の一件にて、両藩の間に、なにやら確執のごときものが生じているやに思われようが、福井藩としては決して含むところはござらぬゆえ、同じ越前松平家として、以前以上のご交誼《こうぎ》を賜わりたい、というものじゃ」

「つまりは、仲直りをしたいと」

「そういうことよの」

「では、権蔵さま、いや松平直堅さまの一件は水に流す、ということでございましょうな」

「なんの……」

松田は、薄く笑った。

「しゃあしゃあと、きれいごとを並べおったが、いずれよからぬたくらみがありそうじゃ。まあ、わしも、それは、ありがたいことでござる。当方にも、いっこうに含むところなきゆえ、以前にも増してのご友誼をお願いする、と答えておいたがな」

「その、たくらみとは、どのようなものでございましょうな」

「ほ……ほ、聡《さと》いのう」

松田は破顔して、

「ところで、わしがところには、近ごろ千客万来での。一昨日には、都筑どのが見えられたぞ」

「都筑惣左衛門さまが、ですか」

「さよう。弟御と日高どのは、大坂より長崎へ向かったとのことだった」

「長崎へ……」

都筑は大和郡山藩の家老で、日高は、その用人である。

ついでにいえば、［和田平］の女将である小夜は、日高の娘であった。

「うん。そなた先月に、都筑どのに会うたそうじゃな」

「あ、はい」

ひと月ほど前である。

松田の命で〈一粒金丹〉の成分を調べている過程で、勘兵衛は阿芙蓉《あふよう》という生薬の存在を知った。

そしてその際に、長崎に輸入された舶来薬の写しである長崎仕訳帳に行き当たった。

二つに分かれた大和郡山藩では、一方の本多政利が、しつこく一方の本多政長の命を狙っており、芫青、と呼ばれる猛毒を使うつもりらしい。

ところが過去に、長崎仕訳帳には、芫青の記録がまるでなかった。

つまりは、抜け荷の品、ということにほかならない。

その芫青が、本多政利側の手に入らぬように奔走しているのが、日高と弟の藤次郎であったから、すでに大坂に向かっている二人に勘兵衛は、都筑を通じて、そのことを知らせようと試みたわけだ。

「さっそくに都筑どのは、おまえの情報を大坂に届けたそうだが、あいにく一足ちがいで弟御たちは長崎へ発っていたそうだ、というのも弟御たちは別口で、すでに芫青が長崎に入ったという証拠をつかんだそうでな」

「そうですか」

(藤次郎も、奮闘しておる……)

　今は大和郡山藩の目付見習となっている、三歳年下の弟のことを、勘兵衛は頼もしく思った。

「それでのう」

「は」

「これは、ここだけの話として、おまえの胸にとどめておいてほしいのじゃがな……」

　松田は、さりげなく周囲を見まわしたのちに、

「もう、ちいっと、こちらに寄れ」

　小声で話しはじめた内容は、おそるべきものであった。

　それは大野藩忍び目付の服部源次右衛門が、酒井大老と、越後高田藩の家老である小栗美作との間に交わされた密談を盗み聞いたものであったのだが――。

　すなわち酒井大老は、長崎奉行に命じて、芫青に阿片、という二種類の毒物を、この江戸へ持ち帰らせようとしている、というのである。

「なんですか。その阿片というのは？」

「ふむ、なんでも、バタビアやジャワあたりの住民たちが、煙草のように吸うものらしい。吸うと羽化登仙の心地がするようだが、一度これに取りつかれると、どうしてもやめられぬという中毒症状があってな。ついには、無気力、怠惰となって、廃人同様になるという代物らしい」

「そのような、おそろしいものがありますのか」

実は、阿芙蓉と阿片とは同一のものであったのだが、この時代、松田や勘兵衛にその知識はない。

「しかし、御大老や小栗が、そのような毒を、いったいなんに使うつもりなのでしょう」

「さあ、そこよ」

越後高田藩では、昨年に藩主の嫡男が亡くなり、急ぎ世継ぎとして甥の万徳丸《まんとくまる》を養子に立てた。

ところが、藩主の異母弟にあたる永見大蔵《ながみおおくら》が、これに不満があるらしい。

このままいけば、いずれ騒動ともなりかねないと踏んだ家老の小栗美作は、そうならぬ前に永見大蔵を、同じ越前松平家のどこかに、世継ぎ養子として送り込もうと考えた。

それで白羽の矢が立ったのが、越前大野藩だと言うのである。

現大野藩主の直良は高齢のうえ、世継ぎの直明は女好きで、できが悪いことは幕閣にも知られている。

「ということは、若君の命を狙おうというのですか」

「ま、いきなりということはあるまい。まずは廃嫡を狙おうな」

「なるほど、それで阿片……」

「なにしろ酒井めは、こういった策謀が大好きな御仁だからな」

しかも、幕閣を牛耳《ぎゅうじ》る実力者だ。

小栗とともに謀り、直明を廃嫡にして、永見大蔵を送り込もうとしている。

「で、その狂言まわしに使おうというのが昌親よ」

松平昌親は、腹違いの兄である松平光通の遺言で越前福井藩主になったが、光通には権蔵という実子があったし、さらには、やはり腹違いの兄である昌勝を飛び越えての世襲であったから、福井では今も三つ巴の争いがあって、一向に政情が安定しない。

このまま下手をすれば、内政芳《かんば》しからず、との理由で、改易の危険すらある。

それを見越して小栗は、酒井大老を後ろ盾にすれば先ざきは安泰ぞ、と吹き込んで、昌親を取り込んだらしい。

「そんなたくらみを胸に、福井藩の家老がきたのでございますか」

むらむらと起こる怒りを、勘兵衛は抑えた。

「さよう。まずは殿と若殿に献上したいと〈一粒金丹〉を持ってきよった。ありゃあ、媚薬だからな。もう七十を超えた殿には無用の長物じゃ。つまりは、若に、ということであろう。しかし、せっかく落ち着いてきた若に、そんなものを与えてみろ……」

またぞろ、どんな烏滸《おこ》の沙汰を起こさぬともかぎらぬ。

「ま、そのようなわけだが、そちらのほうは、こちらにまかせておけ。はじめのうちは、おまえに話すつもりはなかったのだが、ちと事情が変わってきたものだから、一応、耳に入れておこうかと思い直してな」

「事情が……？　どう変わりましたので」

「ふむ。都筑どのがこられたからじゃよ」

「はて……？」

「つまり、こうじゃ。どのようなところから仕込んだかは知らぬが、そなたの弟御と日高どのは、すでに芫青が長崎に入ったと知って、長崎に向かったのじゃ。といって、芫青を奪うのが目的ではない。そちらはそちらで別の手を打ってあるらしい」

「ははあ。となると長崎へ向かった目的は、その芫青の出所を探ろうというので？」

「そういうことじゃろう。ならば、芫青だけでなく、阿片とかいう代物のことも教えておけば、案外、良い目が出るかもしれぬでな」

「なるほど……」

なにしろ二つの、おそらくは抜け荷であろうと思われる品が、大老、長崎奉行という線で江戸に運ばれるのである。

もし藤次郎たちが、その動かぬ証拠でもつかんでくれれば、酒井や小栗たち、さらには福井藩主の昌親にも、一泡も二泡も吹かせることができるのだ。

（そうか……）

そこまで考えを進めて勘兵衛は、松田がなぜすべてを話す気になったのかを悟った。

「すると、都筑さまは、芫青のみならず、その阿片とかいう毒のことを、長崎にいる藤次郎や日高さまに、連絡なされると言われましたか」

目尻の皺を深めて、松田はうなずいた。

するとと長崎にいる藤次郎から、いずれは勘兵衛に文もこよう。

「ま、御耳役、という、おまえの役目がら、知らぬことがあってはやりにくかろうしな」

言い訳じみたことを松田は言ったが、どうせあとで知れることなら、先に話しておこうか、という気になったのであろう。

「ま、ややこしい話は、これくらいにして、ひとつ、良い報らせがあるぞ」

「なんでしょう」

「うむ。まずは父御のことだ。近く目付職として返り咲かれることになったぞ」

「え……！」

「ハハ……、そのように驚くこともあるまい」

「しかし、父はすでに隠居の身……」

「じゃからして、返り咲かれた、と言うたのじゃ。禄は新たに百石ぞ」

「まことのことで」

「まこともまこと、孫兵衛《まごべえ》どのは辞退されたそうじゃが、国家老の斉藤利正《さいとうとしまさ》、大目付の塩川益右衛門《しおかわますえもん》、奏者番の伊波仙右衛門《いなみせんえもん》、この三人の直談判にて、引き受けられることになった。これで落合の家は、そなたの百石と併せて二百石取りの堂堂たる家格だ」

「いや、驚きました」

「驚くより、もっと喜べ。うむ、驚くことなら、まだあるぞ」

「はて、なんでしょう」

「伊波利三《としぞう》に、塩川七之丞……な」

「はあ」

二人とも、勘兵衛の少年時代からの親友である。

「近く、揃って江戸に出てくるぞ」

「えっ、まことでございますか」

「なんじゃ、そちらのほうが嬉しそうじゃな」

「それは、もう……。で、二人は、どのようなことで……」

「伊波利三が、小泉長蔵の後釜だ」

「つまり、若さま付きの家老でございますか」

「そうじゃ。そして塩川七之丞は、丹生新吾の後釜ということになる」

直明の小姓組頭であった。

「なにしろ殿も高齢じゃ。直明さまの時代も近かろう。ここは、おまえと伊波と塩川と、気心も知れあった同士の三人組で、しっかりと若殿を支えることが肝要だ。国許においても、それを期待しておる。もちろんわしもじゃがな」

そうか。伊波と塩川がくるか。

勘兵衛は秋風のなか、湧き上がる喜びにひたっていた。

4

秋葉権現社からの帰りは、舟になった。

松田が雇った日除け舟に、同乗させてもらったのだ。

屋形船ほど大型ではなく、四、五人が乗れる屋根舟が日除け舟だ。

「どこで下ろせば、よいかの」

「末広河岸に着けてもらえませぬか」

「千束屋」だな」

松田はうなずき、

「おい、八郎太」

「はい」

八郎太が、艫《とも》の船頭に伝えに行った。

「千束屋」へ、まいるのですか」

「ああ」

尋ねてきた八次郎に、勘兵衛は答えた。

「もう、見張りはいらぬだろう、ということになったのでな。そのご挨拶に上がる」

「そうですか」

納得した顔になった。

下り舟なので、気持ちよく進む。

右手奥の浅草寺の大屋根が、どんどん近づいて、あっという間に後方に去った。

「やはり、冷えるの……」

言って、松田が川風のあたらぬ位置に場所替えした。

（弓か……）

勘兵衛は、丹生兵吾のことを考えた。

松田の話では、兵吾は若生子峠の番所を通るときには弓を持っていなかったという。

おそらく、そうだろう。

弓は多少の長短はあるが、およそ七尺三寸（約二・二メートル）が標準の長さである。見逃されることはない。

（しかし……）

兵吾が勘兵衛を狙うとすれば――。

（やはり、弓を使おうな……）

そして弓を売る店なら、この江戸に腐るほどあるのであった。

問題は、どれほどの距離から矢を射かけてくるかである。

（昔……）

弓の基本を教わった、故郷の矢場での記憶を勘兵衛はまさぐった。

（射法八節といったな）

まずは足踏みで、実戦なら二足開きだ。

それから胴造り、といって上体を安定させる。次が弓構えで、弓矢を持った両拳を上へ持ち上げる動作の打ち起こし。

さらに引き分けて会に繋げ、離れで矢を放って、残心で終わる。

さて、それで矢が放たれるわけだが、弓の上手なら、射程距離はどれほどになろうか。

矢場での稽古では、十五間（二八メートル）離れた的を狙ったものだが……。

勘兵衛には、その程度の距離ならば、相手が隠れていようとも、気配を読む自信はあった。

（だが、それが五十間の、百間のとなれば……）

気配を読み切るだけの自信はない。

はっと気づいたときには、胸板を貫かれている自分を想像して、勘兵衛は唇を嚙んだ。

（ふうむ……）

そんなことを考えているうちにも、舟は両国橋をくぐろうとしていた。

大川は少しく左に蛇行して、水戸殿浜屋敷をめぐるように、右に流れを変えると三《み》ツ俣《つまた》に入る。

それから舟は北に開けた運河に入っていって、小網町一丁目の末広河岸に着けられた。

このあたり、米蔵が建ち並んでいて米河岸とも呼ばれる。

松田に挨拶ののち舟を降り立った勘兵衛主従は、堀江町から親仁橋《おやじばし》を渡った。

まっすぐ東に連なる道筋の木戸脇に、九尺二間の定めよりは、かなり大きな自身番屋があった。

勘兵衛はちらりと見たが、堀江六軒町、と書かれた腰高障子は閉まっている。

［千束屋］は、ここから半町（五〇メートル）ほど先の割元（口入れ屋）だ。

もう夕刻も近いせいか、いつもなら客で賑わっている［千束屋］の土間は、ひっそりしていた。

顔見知りの番頭が勘兵衛の顔を見るなり、ぺこりと頭を下げて、脇の若い者になにか言いつけると、

「これは、いらっしゃいまし。あいにく主人は外出しておりやすが、なに、もう間もなく戻ってくるはずでございやすから……」

話しかけてくる間にも、若いのは暖簾を分けて奥へ駆け込んでいった。

「そうですか。いや、実は、例の……へっついの五郎さんにお願いしている件ですが、一応、手じまいにさせてもらおうと思いましてね」

「さようで……」

「ええ、もちろん政次郎親分には挨拶をいたすが、無駄な時間をとらせては五郎さんたちに気の毒だ。その旨、お伝え願えるか」

「それは、ご丁寧に……。へい、さっそく知らせやすから、おまかせください」

と話していると、奥からおしずが顔を覗かせるなり、

「ま、ま、一別三春でございますこと。お達者であられましたな」

「ほう、ずいぶんと、ことばつきが変わられましたか」

「ええ、ええ、思うところがございましてね。それより、とりあえず、奥にお上がり

になってはいかがです」

「では、おことばに甘えて」

なるほど、おしずが松平直堅のところに御殿女中に上がりたいというのは、どうやら本気らしい。それにしても、おしずの物言いには、なにやら棘が含まれていた。

通された座敷にて、茶菓を出すなり、おしずはべったりと座り込み、物怖じのない目でじいっと勘兵衛を見つめてくる。

「こほん！　なんですか、お父上にお聞きしたところでは、おしずさんは、御女中奉公をお望みとか」

「そうよ。だって……」

ちらりとすくい上げるような目で睨んだあと、

「だって、その手しか、ありゃあしないもの……」

「……？」

「あたい、いろいろと考えたんだけど……。どう考えたって、勘兵衛さまが、うちに養子に入ってくれるはずはないし」

「はあ？」

「だったら、あたいのほうがお武家のたしなみなんぞを身につけて、それからお武家の養女になって、という手しかないでしょう」

（おい、おい……）

いったい、おしずはなにを考えているんだ、と大いに勘兵衛は困惑した。

そういえば、ここの用心棒の横田から、政次郎はおまえに［千束屋］を継がせたがっている、というようなことを聞いたことがある。

そのときは一笑に付したものだが、もしかしたら、おしずは本気で勘兵衛の妻になることを考えているのかもしれぬ。

首をひねりながら、横に座った八次郎を見ると、ちろっと勘兵衛を窺い、笑いを嚙み殺している。

「ところで、親分は、どちらにお出かけでしょうか」

仕方なく、無理にも話題を変えようとした。

「さあ、どこだろう。ちょっと待ってて」

おしずが席を外した隙に、勘兵衛は小声で八次郎に、

「おまえ、早坂生馬《はやさかいくま》を覚えておるか」

「はい。すぐそこの自身番屋の書き役でございましたな」

「そうだ。いや、逃げるわけではないが、その早坂さんに用があってな。政次郎さん

に挨拶をすませたあとに寄るつもりだったが、そちらを先にすませてくるよ。おまえ、ここに残って、政次郎さんが戻ったら知らせてくれるか」

「それは、よろしゅうございますが……」

また八次郎は、意味ありげに笑った。

「そうしてくれ。ついでに、なんだが、俺には女がいる、とおしずにしゃべっていいぞ。ただし、名前なんかは明かすなよ」

「はい、はい」

「頼んだぞ。この菓子、おひろ坊の土産にもらっていく」

生馬の娘のひろのために、勘兵衛は出されていた菓子をちゃっかり半紙に移して、懐にしまった。

早坂生馬は元は丹後宮津藩七万八千二百石の藩士で、弓の達人として知られた男である。

しかし三代目藩主の京極高国《きょうごくたかくに》は、隠居した父との間に対立が目立ち、年貢を納められない村そのものを取りつぶすなどの悪政もあって、九年前に幕命によって改易された。

そうして浪浪の身となった早坂は、妻と幼い一人娘とともに江戸へ流れ着き、やがて妻は病に倒れた。

病身の妻と一人娘のひろを養うため、貧に敗れた早坂は、ついに見世物小屋で射芸を見せて生活するまでに落ちぶれた。

その芸というのが、娘のひろに孔あき銭を紐に通したものを持たせ、およそ十間（一八メートル）の距離から銭を射落とす、というものであった。

その弓の腕を買われた早坂は、参勤交代で国帰りする大和郡山本藩の大名行列襲撃一味に雇われた。

だが勘兵衛たちの働きによって、襲撃は未遂に終わり、早坂は危うく罪を逃れた。

そんな早坂に、政次郎は堀江六軒町の自身番屋の書き役、という職を世話していたのである。

5

自身番屋は、町内警備のために町ごとにもうけられた番所で、現代でいうなら交番と役所の出張所を兼ねたようなところである。

初期のころは、町地主自身が警備を担当したのでこの名があるが、いつしか地主に代わって、町内の家主や雇い人が交代で役目をこなすようになった。

「ごめん」

玉砂利を踏んで腰高障子の前に立ち、勘兵衛は声をかけた。

低い声の返事があり、障子は内から開けられた。

出てきたのは四十がらみの、目に険のある男だった。見知らぬ顔である。

「なにか、御用ですかい」

「うん、こちらで書き役をしている早坂生馬を訪ねてきたのだ。拙者は落合と申す」

「ああ、おりやすぜ」

顔を引っ込ませた男は、唐桟縞《とうざんじま》の着物に対の羽織を重ね、尻っ端折りで紺の股引姿だった。

(岡っ引きだな)

勘兵衛は、そう見当をつけた。

「おう、落合どの」

明るい声を響かせて、早坂が現われた。

「ま、上がられよ」

言いながら、上がり口のところに立てかけられた欅の衝立を、少しずらした。

戸を開けても、中の様子がわからないように、たいがいの自身番には、こんな仕掛けがある。

「取り込み中では？」

岡っ引きらしい人物がいたので、勘兵衛は尋ねた。

自身番の奥には、犯人を繋いでおく三畳ほどの板の間が敷設されている。

「いや……」

早坂は、静かに首を振った。たまたま岡っ引きが、油でも売りに立ち寄っただけのことらしい。

「そうですか。いや、実は、ちょっとご教示願いたいことがありましてね。あ、これは、おひろ坊への土産です。変わらず元気でしょうね」

「これは、すまぬ。うん、元気すぎて困る。塾仲間もできたようで、近ごろは明星《みょうじょう》稲荷が遊び場のようだ」

小網町二丁目にある稲荷社だった。

「それはなによりです。ということは、お内儀の具合もよくなられましたか」

十一歳になるひろは、病身の母を、かいがいしく世話を焼いていた。

「おかげでな。この春くらいから床離れができた。政次郎どののおかげだ。ところで……」

衝立をどけたのに、一向に上がる気配を見せない勘兵衛に気づいたらしく、早坂は、

「二階のほうへ行こうか」

ここの自身番屋は珍しく二階建てで、早坂の一家は、ここの二階で暮らしている。

「いや、お内儀に気を遣わせてもなんですから、ちょっと、そのあたりででも」

「気を遣わずともよい。あれは、ついさっき、ひろと一緒にといって明星稲荷へ行って留守だ」

「あ、そうですか」

「うん。すっかり元気になってな。永らくかまってやれなかった娘が、遊ぶ姿を見るのがなによりの楽しみのようだ」

「よう、ございましたな」

「なんの、それもこれも、落合どのと政次郎のおかげだ」

早坂は、内部《なか》の家主と番人に断わって表へ出てきた。

二階屋への階段は、火の見櫓横についている。

階段下の一画が、煮炊き物をする設備になっていたから、二階の油障子を開くと、六畳一間に、奥にはわずかに張り出した物干し場が、東堀留川に向かっている。

それでも、九尺二間の裏長屋よりは、よほどに広い。

「千束屋」にて茶を飲んできたばかりだからと、先に断わり、

「さっそくだが……」

勘兵衛は、用件に入った。

舟で大川を下りながら、考えていたことである。

「なに、弓矢の飛距離か」

言って早坂は、形の良い眉をひそめた。思いがけぬ質問だったせいだろう。

「飛ばすだけなら、二町（二〇〇メートル）や三町くらいは飛ぶが、的に当てるとなると話は別だ。ま、三十三間（六〇メートル）くらいが限度だろうな」

「そういえば、三十三間堂の通し矢というのがありましたね」

「いや、いや、それは話がちがう。というのも、通し矢がおこなわれる京の蓮華王院は、三十三間堂と呼ばれているが、あれは三十三間の長さがあるという意味ではない。実際には、六十六間三尺と少し（一二一・七メートル）の距離がある」

「ははあ、そうなんですか。いや、さすがにお詳しい」

「ハハ……、記録は破れなかったが、何度か出場したことがあってな。といっても、単に矢が通ったというだけのことで、矢を的中させるのとは、話の次元がちがう」

「そういうものですか……」

やはり、その道を究めた者から話を聞かねば、なにごともわからぬものである。

遠くへ飛ばすためには、矢を斜め上に向けて放つことになるが、通し矢の場合、それだと天井に当たって失敗する。その加減が、通し矢のむずかしさだと、早坂は話した。

「なるほど。すると……、三十三間が限度というのは……仮にですが、早坂さんがひとを狙ったとして、どうなりましょう」

「ふうむ……ひとか」

早坂は、急に真剣な顔になって勘兵衛を見たが、

「さよう。心の臓を狙って射たとしても、三十三間も離れると、なかなか狙いどおりにはいくまい。足に当たるか、腕に当たるか、それすら見当もつかぬ、といったところで……。まず半分がとこははずれような。三十三間の距離が限度というのは、そういうわけだ」

「では、必殺、といった距離なら、どのくらいになりましょうな」

「うむ、急所を狙って百発百中、ま、技量にもよろうし、天候の次第もある。わたしなら、そう、無風の日であれば十五間（二八メートル）くらいかな」

「なるほど、十五間ですか」

やはり、勘兵衛も昔に経験した矢場での的への距離だった。

つまり、あの距離は、実戦に即した距離だったのだ、と今さらながらに気づく。

しかし――。

（うむ……）

その程度の距離なら、矢を放たれるより先に、気配を読みとることができる、と勘兵衛はおのれを自負し、少し愁眉を開いたものだ。

「ところで落合どの、もしや、弓で狙われたのか」

「いや。そういうわけではない」

「では、狙われる可能性がある……？」

あれだけの質問をしたのだ。早坂に、そうと読まれても無理はない。

勘兵衛は、静かにうなずいた。

「うーむ」

早坂は、少し考えたのちに、ことばを押し出した。

「火除け地や野原、特に郊外には足を踏み入れぬがよかろう」

「ま、そういうわけにもいきますまいが……」

「しかし、注意するにこしたことはない。人通りの多い市中なら安全と考えるだろうが、屋根の上から狙う、ということもあり得る。また夜間は、提灯の明かりなどが、恰好の目印になるゆえに、できれば灯りを持たぬがよい」

「いや、かたじけない。いちいち、ごもっともです」

早坂の忠告に、勘兵衛は感謝した。

「だが、まあ、この江戸にて弓でひとを狙うというのは、刺客の側からしても、なかなかむずかしいものでな。なにしろ、あのとおりに場を食うし、持ち運びも目立つ」

「それは、そうでしょうね」

「せめて流派でもわかれば、もう少しの助言もできるのだが……」

「ああ、それなら日置流です」

「ははあ……。なんだ、じゃ、相手が誰だかの見当はおつきなんだな」

「ええ、まあ」

「そうか。で、そのおひとの弓の腕前は……」

「そこまでは詳しく……。まあ、名手とは聞いていますが」

「ふうむ……」

早坂はしばし考え、

「実は、わたしも日置流なんだが、一口に日置流というても、いくつもの派に分かれておってな」

日置流の創始者、日置弾正《だんじょう》というのは室町時代のひとで、二百年も伝えられていくうちには、いろんな派が生まれたのも無理からぬことである。

「わたしのは印西派《いんさいは》と呼ばれるもので、これは歩射が基本だが、〈割膝《わりひざ》〉というて、膝立ちで弓を引く型がある」

「ははあ、膝立ちで、ですか」

ならば、ちょっとした物陰から狙うこともできるわけだ。

勘兵衛は、その姿形を想像したのち、

「そう、そう、その者が通っていた弓道場の看板には、〈日置当流免許皆伝〉と書かれておりました。おそらく道場主のことでありましょうが」

「なんと……当流と書かれておったか」

早坂の目が大きくなって、次に笑った。

「なんだ。わたしと一緒ではないか」

「え」

「うん。日置当流というのは、将軍家の弓術指南役なので、特別に許された呼び方であってな……」

6

早坂の説明によると、印西派というのは、祖である吉田重氏《よしだしげうじ》が一水軒《いっすいけん》印西と号したところからきている。

その重氏こと印西は、豊臣秀次、結城秀康、松平忠昌らにつかえたのちに、徳川家康、秀忠、家光にも拝謁した。

そして印西の嫡子である吉田重信《しげのぶ》は、将軍家光の弓術指南役となって、旗本に列せられ、以降、代代が将軍家の指南役で続く。

それで、江戸印西派の宗家のみが〈日置当流〉すなわち、将軍家流派の名を使うことを許されたそうだ。

ただ、ひとつだけ例外があった。

というのはあるとき、将軍家光と岡山藩主の池田光政が弓の勝負をして、これには光政が勝利した。

それで光政は、岡山印西派の宗家は吉田重信の実弟でもあるし、岡山にても当流の名乗りを希望して、家光がこれを許したそうな。

以来、日置当流の呼称は、江戸印西派と備前印西派の宗家のみに許されている。

「つまり、看板に〈日置当流免許皆伝〉と書いたのは、そのようなわけで、〈日置当流〉とは名乗れぬけれど、江戸でか備前でかはわからぬが、〈日置当流〉にて学び免許皆伝を得たのだぞ、と示す苦肉の策であろうな」

「なるほど、あれには、そのような裏がございましたのか」

遠い昔の謎が、はからずも解けた。

「あれは、もう三十年近くも昔のことになるが……」

今度は早坂の目が、少し遠いものになった。

少年時代に弓道の才を開花させた早坂生馬は、藩主の命によって江戸留学をして、本郷御弓町にあった〈日置当流〉の門人となった。

そして五年で免許皆伝を得て、ふるさと丹後の宮津に戻ったのが慶安四年（一六五一）、二十一歳のときであったという。

「いや、思わず昔話をしてしもうた。それより落合どの、相手が〈日置当流〉を学んだとすれば、こりゃ、少しばかり、話がちごうてまいる」

少しはにかんだ表情になったのち、早坂は真剣な顔つきに変わった。

「と、言いますと……」

「うむ、それは……」

再び早坂は沈思したのち、こう言った。

「もし、わたしが刺客となったならばと考えたのだが、その場合、大弓《だいきゅう》は使わぬな。まず、半弓を選ぶ」

「半弓……ですか」

「さよう。半弓というのはご存じか」

「はい。読んで字のごとし、小型の弓でしょう」

「まさか、矢場にあるような、揚弓を想像しておられるのではなかろうな」

「いやいや。あれよりはもう少し大きなものを故郷で見たことがあります」

「うん。それだろう。一口に半弓というても、大小さまざまでな。矢場で使う遊戯用の揚弓は、弓の長さが二尺八寸（約八四センチメートル）、矢の長さは九寸（約二七センチメートル）と決まっているが、半弓だと弓なら四尺から六尺（一・二〜一・八メートル）くらいあって、それに合わせて矢も作る」

「なるほど」

「で、実は、わたしの習った〈日置当流〉には、半弓術というものがある」

「つまり、実戦に使えるというものですか」

「もちろん。これは当流の半弓術とはちがうけれども、戦国のころに薩摩の島津家と飫肥《おび》の伊東家が戦った折に、伊東家方の農民が竹製の半弓を使って勝利した例がある。それで飫肥藩（宮崎・日南）では今も、弓も矢も長さが四尺半（約一・三六メートル）なので、四半的《しはんまと》弓道というのが盛んだそうだ」

「ほう」

「ま、話が逸れたが、半弓を使えば、座射もできれば伏射もできる。しかも短時間で何本の矢も射ることができる。つまり、速射だ」

「自由自在ではないですか」

「さよう」

「しかし、飛距離は短いんでしょう」

「ふむ、仮に四尺の半弓で確実に急所を狙うとなれば、せいぜいが五間から六間（九～一一メートル）というところだろうか」

（ふうむ）

　その距離を一気に詰めたとしても、矢の一本や二本は放たれそうだ。

「ところで早坂どの」

「ハハ……、早坂さん、でいいよ。半弓を持っているか、と聞きたいのであろう」

「ご明察」

「大弓、半弓ともに、まだ未練たらしく残しておる。お稽古なら、いつにても、おつきあいする」

「いや、かたじけない。もちろん、お仕事の邪魔はできぬ。早坂さんの手の空く時間に、こちらが合わせます」

「矢には、もちろん、たんぽをかぶせるが、万一のこともあろうから、防具はおつけくださるよう」

「わかりました」

やがて八次郎が、政次郎が戻ったと知らせてきた。

最後にひとつだけ、勘兵衛は尋ねた。

「先ほど、半弓に合わせて矢を作る、と言われましたな」

「さよう。人それぞれの好みがあるからな。長さもさることながら、甲矢《はや》、乙矢《おとや》の好みもある」

矢羽根の形状によって、時計回りに回転しながら進むのが甲矢、逆回転が乙矢である。

「いや、ありがとうございました」

勘兵衛には、ふと思いついたことがあった。

泉屋長崎店

1

翌日のことである。

昨夕、「千束屋」から戻るおり、東空にかかるか細い下弦の月が、妙にぼやけて見えると思ったら、夜半から雨が降りはじめ、ついには本降りになった。

その雨をおして、勘兵衛は出かけることにした。

格別に急がねばならぬ、というものではなかったが、雨音を聞きながら床につき、あれこれ考えをめぐらせているうちに、もうひとつ思いついたことがあったのだ。

「よいな。高山《たかやま》先生と政岡《まさおか》先生には、改めてご挨拶にあがるからと申し上げて、この書状を高山先生に渡してくれ」

言って八次郎に託した書状は、［高山道場］の道場主に宛てたもので、政岡は、その師範である。

書状で、まだ詳しい事情までは述べていないが、要は、夜間に道場を借り受けられないか、という願い書であった。

弓を相手に戦うに備え、早坂生馬に稽古を頼んだが、自身番所の書き役という仕事がら、早坂の手が空くのは早朝か、あるいは暮れ六ツも過ぎた時刻になろう。

大弓にしろ、半弓にしろ、勘兵衛は実際に矢の速さというものを、どうしても身をもって実感しておきたかった。

道場で呼吸をつかんだのち、次は早朝の野外で、さらなる対処法を学ぶ心づもりである。

「十分にお気をつけてくださいよ」

「なに、それほど心配には及ばぬ。おまえこそ、周囲に怪しい人影はないか、注意を怠るではないぞ」

役目がら勘兵衛は、これまで、この八次郎に多くのことを告げずにきた。

秘密主義というわけではないが、個人的な事柄に関しても、自分の胸ひとつに納めておく、というふうが勘兵衛にはあった。

ところが先月のことだが、八次郎の兄である八郎太より、それで八次郎が悲しんでいる、というようなことを聞いた。

それで、よほどのこと以外は、できるかぎり正直に教えるように心がけている。

そして、一昨日には――。

勘兵衛個人として、最大の秘密でもあった［和田平］の小夜のことまで、八次郎に知られてしまった。

もう、ここまでくれば、お役目上の密事以外は、なにもかも話すほうがかえって気が楽というものだ。

だから、勘兵衛を狙っているらしい林田久次郎、丹生親子のことも話しておいた。

はたして、目を丸くして聞いていた八次郎だったが、

――しかしながら、なにゆえに、その三人が、ご主人さまを狙うのでしょう。

――いや、それは、密事に関わることゆえ、今は言えぬ。いずれは、話せるときもくるであろうが、それまで我慢せよ。

――仕方ないですね。

八次郎も、少しばかり聞き分けがよくなってきたようだ。

「くれぐれも、お気をつけてくださいよ」

よほどに心配なのか、見送りに出た八次郎が繰り返すのを背に受けて、勘兵衛は猿屋町の町宿を出た。

神田川沿いの向柳原《むこうやなぎはら》を西に進み、和泉橋袂を過ぎたあたりから、道はぐんと広くなる。火除け広道と呼ばれる防火の用だ。

向こう岸では、江戸城鬼門除けの柳森稲荷の杜がぼうっと雨にけぶっている。

道を北にとって中通りから広小路、ここらは上野山下に続く道なので、普段から人通りの多いところだが、深深《しんしん》と降り続く雨のせいで、人影もまばらだった。

客影もない商家の土間で、犬が腹這ったまま、上目づかいに空を見上げる姿が恨めしそうだった。

(これも、また、なにかの因縁であろうか)

そんなことを、勘兵衛は考えた。

勘兵衛が向かおうとしているのは、三ノ輪の浄閑寺である。

新吉原の妓楼で最期を遂げた、小泉長蔵と丹生新吾の屍の行方を調べ、それが無縁仏となって浄閑寺に葬られたと知ったのは、八月もはじめのことだった。

それで浄閑寺を訪れたのだが、
あのときも、雨だった——。

のである。

昨夜、寝床の中で勘兵衛は、丹生親子のことを考えた。

父の丹生文左衛門は、小泉長蔵にべったりだった、と聞いた。というより文左衛門を利用しようと近づいたのは、長蔵のほうであったらしい。

小泉長蔵の父は、藩の権力を一手に握る国家老であったが、銅山不正事件が明るみに出て失脚した。

そして蟄居閉門の末に、暗殺されている。

代代が家老職の家に生まれた長蔵は、そのまま泣き寝入りするような人物ではなかった。

大いなる野望が胸にあった。

若君の松平直明に目をつけた。

まだ二十歳という年若さもあるが、文武を喜ばず女好きの直明には、ある種の危うさがあって、それで直良も、なかなか家督を譲れずにいる。

だが直良はもう高齢で、いずれは直明が次期の藩主の座につくことになる。

そこに、長蔵の狙い目があった。

閨閥を利用して、まずは直明の付家老《つけかろう》の地位を狙う。

あとは直明におもねって歓心を買い、直明が藩主になった暁には返り咲こう、という魂胆である。

ところが、ここに、どうしても摘み取っておかねばならない存在があった。

若殿付き小姓組頭の伊波利三である。

利三は正義感が強く、若殿の醜行を身を挺してでもとどめる、防波堤のような男であった。

若殿に取り入ろうとしても、邪魔なだけの存在である。

そこに、長蔵が丹生文左衛門を引き入れた理由があった。

文左衛門は、名門丹生家の長男に生まれたが、妾腹だったばかりに不遇をかこっている。しかも、その子の丹生新吾は、若殿付きの小姓であった。

長蔵の意を汲んだ文左衛門は、息子の新吾を使って直明をそそのかし、ついに伊波利三を遠ざけることに成功した。

さらには、小泉長蔵も直明の付家老として江戸へ赴任した。

そのとき文左衛門は、明るい未来を夢見たはずだ。

いずれは直明が藩主に、そしてそのときには小泉長蔵が家老となり、家の出世は約束されている……と。

ところが、青天の霹靂《へきれき》ともいうべき事態が起こる。

小泉長蔵と、長男の新吾が、揃って行方知れず、との報である。

いったい、江戸でなにが起こったのか。

おそらくは途方に暮れ、茫然自失の日日だったと思われる。

そんななか、一通の書状が舞い込んだ。

差出人は、長男と同じ小姓仲間であった林田久次郎で、そこにはゆゆしきことが書かれていた。

丹生新吾も、小泉長蔵も、落合勘兵衛によって討たれた……。

おそらくは、二人して直明を新吉原に連れ出したため暗殺されたが、幕府《おかみ》をはばかって真実を隠し、周囲には失踪ということにしたのであろう、との憶測も記されていたにちがいない。

息子の死もさることながら、小泉長蔵まで討たれたとなると、もはや出世の望みはない。

それどころか、暗殺の理由が理由だけに、このままでは、いつ、どのような理由で減俸にもなりかねない。

お先真っ暗となった丹生文左衛門は、妻と残る次男の兵吾とともに、故郷大野を出奔した……。

（おそらく、そういう次第であろうな）

それが、勘兵衛の分析であった。

（さて、それで……だ）

江戸へ出た丹生一家は、林田久次郎と会ったわけだが――。

まずは、なにをおいても新吾の墓へ詣でるのではないか。

あの浄閑寺の墓地に二つ並んだ白木の卒塔婆《そとうば》……。

昨夜、その情景を脳裏に浮かべながら勘兵衛は、思わず床から跳ね起きたものだ。

〈無名引船若男〉

それが卒塔婆に書かれていた、丹生新吾の戒名であった。

（まさか、無縁仏のままにはしておくまい……）

それが、親としての情であろう。

となれば、浄閑寺に行けば、この江戸における丹生親子や林田の手がかりがつかめるかもしれない。

日光街道で下谷坂本町を抜けはじめたころ、雨は少し小降りになってきた。

そぼ降る雨のなかを、勘兵衛は浄閑寺に向かう。草深いところであった。

2

雨に濡れた竹藪と竹藪の間に切れ込む道に入ると、浄閑寺の山門が見えてきた。のちには、新吉原の遊女たちが二万五千人以上も葬られて〈投げ込み寺〉の別名がつく寺だが、今はまだ、この地に創建されて二十年かそこらの新しい寺であった。

先月にきたとき境内の藤蔓には、まだ薄緑の葉がしがみつくようにあったが、すでに落葉して寒ざむしい光景である。

勘兵衛は慎重に気配を読みながら足を進めたが、雨音以外に聞こえるものもない。

本堂の左の砌《みぎり》から土塀があって、板屋根の土揚げ門がある。そこが墓地への入り口だった。

手の番傘を少しすぼめて、門のところからそっと墓地を覗き込む。無人だった。

傘ごと、身体を滑り込ませた。

（ふむ……）

真新しかった白木が、くすんだ色に変わっただけで、二本の卒塔婆は変わらず立っていた。

花が手向《たむ》けられた様子もないし、線香のあともない。

だからといって、墓前にぬかずいた者がいなかった、とはならないだろう。

すでに寺男が、片づけたとも考えられるのだ。

確かめるだけ確かめたのち、勘兵衛は庫裏《くり》に向かった。ここの住職とは、以前にも話したことがある。

「おや、これは、あのときの……」

五十がらみ、眉毛が異様に長い浄閑寺の住職は、勘兵衛を覚えていた。

「いや、その節には失礼をいたしました」

以前のとき勘兵衛は、無縁仏との関係を知られぬために、新吉原《なか》の幇間《ほうかん》から噂を聞いて、物好きで見物にきた、というような苦しい言い訳をしている。

今回も、その続きを演じる必要があった。

「先日は、あまりに酔狂なと、あきれられましたでしょうな」

「いやいや、そのようなことはございませんぞ。好きと向きとは九十九種、とも申しますからな」

坊主らしい返事が返ってきた。

ひとの嗜好と、向き不向きは千差万別であるというほどの意味だ。

「ハハ……、そう言っていただくと気も楽になり申すが、いやや、あれから、つくづくと考えまするに、いかにもあれは、蓼虫《りょうちゅう》辛《しん》を忘る、ではあいすまぬ行動であった、と反省をいたしましてな。なにより、仏に礼を失したと猛省をした次第でありまして……」

とかなんとか煙《けむ》に巻きながら勘兵衛は、懐より半紙に包んだ金を取り出して、住職の膝の前に置いた。

「ま、袖触れ合うも他生の縁、などと申しますが、これもなにかの縁《えにし》でございましょう。これはまことに些少でお恥ずかしい次第でございますが、お布施のつもりでございます。どうか、あの無縁仏の者たちを、よく弔っていただければと思いまして、きようはお邪魔をいたしました」

「ほほう、それはご奇特な」

もとより勘兵衛の言を、どこまで本気にとっているかはわからぬが、住職は紙包みの形から小判と推量したようで、

「ところで、先日、あの無縁仏に墓参があったようとうな。もしや、お武家さまではございませんでしたかな」

「いや。拙者は、あれ以来……。はて、では縁故の者でも見つかりましたか」

たちまちに、布施の効果は現われたようだ。

「いや、拙僧は見ておらぬのだが、寺男の話では、四人連れが香華《こうげ》を手向《たむ》けておったとか」

「四人も、でございますか」

やはりきたか、と勘兵衛は思った。

「さよう。三人はお武家、もう一人が武家の妻女らしかったとか。たまたまその日は、拙僧は檀家に行って留守にしておりましたので、寺男が声をかけますると、いちばん歳上のお武家が、いずれご挨拶にまいるゆえ、ご住職によろしく伝えられよ、と申したそうな」

「ははあ……」

すると、やはり、無縁仏のままにしておくつもりはなさそうだ。

(すると、その時期は……)

やはり、仇討ちを果たしてのちのことであろうな、と勘兵衛は思った。

今は土に帰ろうとする丹生新吾の墓前に、父の文左衛門、弟の兵吾、そして兵吾の兄である新吾の情人であった林田久次郎は、復讐を誓ったはずである。

「で、それは、いつごろのことでございましょうか」

「そうよの。あの日は、たしか後《のち》の月見の日でござったと思うが」

「ははあ、十三日ですか」

八月十五日の中秋の名月に対して、九月十三日に、後の月見がある。どちらか一方だけの月見は片見月《かたみづき》といって縁起が悪い、とされていて、十三夜、栗名月などとも呼ばれている。

（十三日というと……）

勘兵衛が胸の内で指折り数えてみると、その日は、まさに林田久次郎が、安井長兵衛のところから姿を消した翌日にあたった
収穫を得て、浄閑寺を辞した勘兵衛は、次に街道筋にぽつぽつと建つ藁葺き屋根の茶屋に向かった。

勘兵衛が先月、茶を喫したあとで仏さま用の花を求めたところだ。

軒先に張り出すように置かれた腰掛けは以前どおりで、相変わらず客はない。

土間を覗いたが、人影もなかった。

「ごめん」

奥に向かって声をかけたが、返事もない。

（留守か……）

しばらく待って、もう一度声をかけると、奥のほうから、老婆が前垂れで手を拭きながら現われた。

「いらっせえ」

「茶をもらえぬか」

「へい、へい、ええっと雨風のせいで、表の縁台は濡れとるで、こっちのほうに座られまっせ」

土間から座敷への上がり框《がまち》を薦められた。

やがて、草団子を添えて茶を運んできた老婆は、

「お侍さん。先月もいらしたな」

「おう、よく覚えているな。ここで線香と花も求めた」

「そりゃあ、覚えとるよ。次の日もいらして、一日じゅう、おられたじゃないか」

勘兵衛は苦笑した。覚えていて、当然であったのだ。

「ああ、そうだったな。ところで、このあたりの茶屋では、どこでも線香や仏さま用の花を扱っておるのかな」

「うんにゃ」

老婆は首を振り、

「二町ほど南に、お薬師さんがあるろう」

「ふむ。これより南は東叡山領、との立て札があるあたりか」

「そうじゃ、そうじゃ、その立て札ン近くに露店の花売りがいるんじゃが、こんな雨の日には、やってこないな」

「うん」

「竜泉寺や寿永寺に詣でる人は、その露店で花や線香を買っていくが、浄閑寺の分は、たいがい、おらぁところで買うよ」

つまりは、茶屋で仏花《ぶつか》、線香を商っているのは、ここだけらしい。

「ところで些少だが……」

茶菓の代金のほかに、小粒ひとつを握らせて、

「少しばかり、尋ねたいことがあるのだが……」

「はて、なんでがんしょう」

老婆の目が丸くなった。

「栗名月の日のことだが、四人連れの客はなかったかな」

「ああ、お侍さんの一行だ。夫婦に息子が二人、一家揃って……って感じじゃったが」

「やはり、きたか」

「あれ、お知り合いだか」

「うん、あるいはな」

「色の白い、女みてぇな若いお侍は、以前にも、毎日のようにやってきたぞ」

「なに。それは秋のお彼岸のころか」

「そうそう」

そうだったか、では、はじめてこの茶屋を訪れたときに、林田は俺を目撃したのだな、と勘兵衛は思った。

「その四人連れだが、なにか話さなかったか」

「そうさなあ。年配のお侍が、この裏手の武家屋敷のことを聞いたっけな」

「あれは、大名の下屋敷だろう」

「うん。伊勢亀山の石川さま、対馬の宗さま、下野黒羽《しもつけくろばね》の大関さまに、もうひとつは旗本三千石の池田さまだ」

「…………」

「ま、それくらいかな。あ、奥さんのほうが、百姓家でいいが、このあたりに貸してくれそうな家はないか、と聞いたぞ」

「ほ、それで……」

「わかんねぇ、って言ったさ。なにやら、わけありって感じだったからな」

そうか。まだ塒《ねぐら》は定まっていなかったか。

勘兵衛は思った。

（案外……）

このあたりに潜り込んだやも、しれぬな……と。

3

勘兵衛が次に向かったのは、四ッ谷塩町である。

上野山下から湯島を抜けて、お茶の水あたりまできたところで雨が上がった。

鈍色《にびいろ》の雲をとおして、ぼんやり明かりも透けてきた。

傘を閉じた勘兵衛は、水道橋を渡って飯田町、番町と江戸城西の武家町を進んだ。

間もなく半蔵門というところで、正午の鐘が聞こえてきた。

（ふむ、もう昼どきか）

麹町あたりで蕎麦でも食おうか、などと考えていたら、その麹町あたりが、なにやら賑賑しい。

人出も多いし、なにやら楽曲のような音が、かすかながら届いてくる。

(はて……神楽《かぐら》のようだが)

堀端に高く聳える火の見櫓は、沼新五郎《ぬましんごろう》火消し屋敷で、ちょうどその真向かいに蕎麦屋があった。

盛り蕎麦を頼んだついでに、

「お神楽が聞こえるようだが、どこかで祭かね」

注文を取りにきた小女に尋ねた。

「あいにくの雨だったけど、きょうは平川天神の十五座《じゅうござ》神楽さ。それで神楽殿のまわりは傘の花だって聞いたよ。ようやく雨も上がったようだし、これから、どんどん見物客が増えるでしょうよ」

「ほう」

よく舌のまわる小女だった。

故郷の天神さまには十二座神楽というのがあったが、十五座とは数が多い。

笏拍子《しゃくびょうし》、篳篥《ひちりき》、神楽笛《かぐらぶえ》、和琴《わごん》の楽器で十五種類の曲を演じて巫女が舞う、という祭礼である。

一曲が約半刻《はんとき》（一時間）だから、朝から夜まで、ぶっ通しということになる。

（ふうむ……）

勘兵衛が、これから訪ねようとしている相手は、〈冬瓜の次郎吉〉と呼ばれる男であった。

次郎吉は、火盗改め与力である江坂鶴次郎《えさかつるじろう》の付き人（手下）で、江坂に紹介されて以来、勘兵衛が探索そのほかに、なにかと手を煩わせている男である。

四ッ谷塩町二丁目で、女房のお春《はる》に髪結床をやらせているが、その家の二階座敷には、いつも夫婦揃いの祭半纏がかかっていた。

つまりは夫婦揃って祭好きで、しかも平川天神の氏子だから、きょうは留守かもしれぬな、と勘兵衛は思った。

（ま、そのときはそのときで、出直すしかないか……）

ちらりと、平川天神あたりを探すことも考えたが、せっかくの夫婦の楽しみを邪魔することもあるまい。

麴町三丁目に、［橘屋］という菓子屋がある。

蕎麦屋を出たあと、勘兵衛はここに立ち寄った。

〈助惣《すけそう》焼き〉という菓子が名物で、お春が好物だと聞いたことがあった。それで、土産にしようと思ったのである。

小麦粉を水でこねたのを薄く伸ばし、餡を包んで焼いた菓子で、略して〈助惣〉と呼ばれている。

麴町は、家康が入国してすぐに開かれた町だ。そのため歴史も古く、老舗、新興の商店や町家が、ずらりと軒を並べていた
規模も大きく、一丁目から十三丁目まであって、江戸城外堀の先にまで及んでいる。

番傘と助惣の包みを左手にぶら下げ、勘兵衛は雨上がりの麴町通りを西に進んだ。

十丁目を過ぎると、四ッ谷御門で外堀を渡る。四ッ谷塩町一丁目は、麴町十一丁目と並んであるが、二丁目と三丁目は、ずっとずっと離れている。

四ッ谷大道と呼ばれる大通りを、およそ九町（約一粁）ほども歩いて、やっと「冬瓜や」が見えてきた。

次郎吉の女房がやっている髪結床で、ちょっと先は、甲州街道大木戸跡だ。そこを過ぎれば、もう内藤新宿であった。

（おや……？）

「冬瓜や」の前に立って勘兵衛は、唇をほころばせた。

半ば以上は留守と思っていたのだが、冬瓜の絵を描き入れた腰高障子の奥に、ひと

の気配がある。

「ごめん」

声をかけ、障子を開けると、左右に長い土間口に客が一人、お春が、その月代《さかやき》を剃っているところであった。

「おや。こりゃあ、落合さま」

客だと思ったのは次郎吉で、

「まあ、よう、おいでなさいました」

剃刀の手を止めて、お春も言う。

次郎吉が、ちょっと照れくさそうな顔になり、

「ごらんのとおり、きょうは客足がさっぱりなもんで、それで、ちょいと……ってぇわけで。なに、間もなく終わりやすんで、しばらくお待ちを願えやすか」

「そりゃあ、もう。ゆっくりとやってくれ。いや、きょうが平川天神の十五座神楽とは知らなくてな。それで、留守ではないか、などと思ってきたのだが」

「なんの。お神楽なんてのは、つまらねぇばっかしで。あっしらは、神輿を担ぐのだけが楽しみなんでさあ」

「お、そうであったか。いや、それは幸いだった。いつもながら突然のことで恐縮な

のだが、また頼まれごとがござってな」

「合点承知だ。いや、忘れず、あっしを思い出してくださるだけでも、ありがてぇ」

「お春どのにも、申し訳のないことで。これは、つまらぬものだが……」

「橘屋」の菓子を差し出すと、包みを見ただけでお春は、

「あら、大好物の助惣、よくご存じでしたねえ」

言って小さく頭を下げ、

「ありがたく、いただきますよ。なに、このひとってのは、根っから、ああいった仕事が好きでねえ。ここんところ暇なもんで、すっかり退屈をしてましたのさ。それより、もうじきに終わりますんで、どうぞ二階でお待ちくださいな」

「では、そうさせていただこう」

勘兵衛は、勝手を知った二階の八畳間に上がることにした。

待つほどもなく、次郎吉が茶瓶と湯呑みを手に二階へ上がってきた。

「さっそくだが……」

「へい」

「実は、近ごろ故郷の越前大野から、江戸に出てきた親子連れがいる」

妙な隠し立てをして、次郎吉の調べに支障が出ても困るから、勘兵衛は許される範

囲の事情を説明した。

「そいつぁ、また……」

丹生兵吾が弓矢で勘兵衛を狙うだろう、と聞いて、次郎吉は眉根を寄せた。

「そこで、だ……」

だが丹生兵吾は、越前大野から弓矢を持ち出していない。

となると、それらを揃えるのは、この江戸で、ということになろう。

早坂生馬の話では、兵吾は半弓を使う可能性が高いそうだ。

いや、半弓でなく大弓でも同様だが、これまた早坂の話によると、弓の長さや矢の長さ、さらには矢の回転方向にまで、それぞれの好みがあるという。

つまりは、出来合いの弓矢を買って、というようなものではないらしい。

それで思いついたのだが、弓にしろ、矢にしろ、弓懸《ゆがけ》（弓を射るとき指を傷つけないために用いる革の手袋）にしろ、兵吾なら細かな注文を出すのではないか、ということである。

兵吾が弓の上手であればなおさらで、弓師や矢師、弦師、あるいは弓懸師といったところに直接に顔を出して誂えるのではないか、と思えるのだ。

「なるほど、それは、そうでございましょうね」

次郎吉も納得した顔になり、

「江戸にきて、そう間もないということになりゃあ、まだ弓矢もできあがっちゃあいないでしょうよ。よしんば、出来合いをちょちょいと直させたとしても、手がかりくらいは残していきまさあ。早い話が、その親子連れの宿《ヤサ》をつかんでくりゃあ、いいんでしょう」

さすがに次郎吉は、飲み込みが早い。

「うむ。この江戸に、いったいどれほどの弓師がおるのか見当もつかぬが、頼まれてくれるか」

「おやすい御用で、で、その……丹生兵吾とかいう男の人相などはおわかりで……」

「そのことだ」

兵吾とは同い歳、故郷の家塾で机を並べた仲であるから、顔だちや特徴は知り尽くしている。

勘兵衛が故郷を出たのが二年前の今ごろ、十八のときなので、当時は五尺三寸（一五九《センチ》《メートル》）ほどだった背丈は、少し伸びたかもしれぬ。

勘兵衛は、詳しく、その特徴を教えた。

「眉濃く、目はつぶら、鼻筋は通って、頬はふくよか。こりゃ、なかなかの美男子みてぇですな」

「ああ、好男子だ」

勘兵衛は、ふと昔の新吾の面差しを思い出し、それに兵吾の顔を重ねていた。

まだ勘兵衛が少年だったころ、丹生新吾が風伝流槍術を巧みに使うのを見た。快男児であったのだ。

「たぶん、母親似だな。ついでに父親の風体だが……」

小太りの小男で、垂れ目のうえに、鼻は丸く低い。息子たちとは似ても似つかぬ男であった。

勘兵衛は、さらに林田久次郎の人相も次郎吉に教えた。

江戸に不慣れな兵吾を案内して、弓師のところへ、一緒に顔を出している可能性があった。

「へい。それだけ聞けば、十分でござんすよ。そんでもって、半弓なんぞを注文してくれてりゃ、思う壺なんでござんすがね」

「そういうことだな」

やはり、半弓などは珍しいから、どうしても特別誂えになるはずであった。

「じゃあ、まあ、善は急げって申しやすんで、これから若いもんを集めて、さっそくかからせていただきやす」

「すまぬな……。これは些少だが、みんなの酒手にでもしてくれ」

用意の金包みを出すと、次郎吉はしばらく首をかしげていたが、

「へい。では遠慮なく」

こっくりうなずいた。

4

明けて十月一日の夕、海老茶の羽織袴に同色の頭巾をかぶった男が、背をすぼめるようにして宇田川橋を渡り、南に向けて歩いていた。

右手奥には、徳川家菩提寺である芝の増上寺の伽藍や塔頭《たっちゅう》が、沈み行く夕日を背景に黒ぐろと浮かんでいる。

やがて男は神明町を抜け、浜松町の手前で右に切れ込む道に入った。

その道の突き当たりには惣門、さらには鳥居があるところは正式の名を板倉神明宮《いたくらしんめいぐう》というが、もっぱら芝の神明さんと呼ばれている宮である。

その門前町の裏道には岡場所などもあって、扇問屋やら書物問屋やら陰陽師の家や

らが、ごちゃごちゃと建て込んでいる。

そんな一画に茶色の長暖簾に［かりがね］と白抜きした店があるが、これは茶漬け屋であった。

夕暮れ時ということもあって、仕事を終えた職人なぞが、次つぎに長暖簾の奥へ吸い込まれていく。

茶漬けで、とりあえずの腹を作り、岡場所へでも繰り込もうというのであろう。

男は、それとなく店の前に佇んでいたが、ひとの途切れるのを見すましたように、玄関横の枝折り戸を開けると、するりと中庭に入っていった。

石畳をくる男に気づいてか、奥座敷の障子が開き、女が庭に下りてきた。

女は、そろそろ四十に届こうかという年ごろだが、色白でぽっちゃりした身体つきには、まだまだ色香が残る。この家の女将で、名をおこうという。

「あら、おまえさま、お早うございましたなあ」

声をかける、おこうに、

「おう、少しも早く、おまえの顔が見とうてな」

「まあま、相変わらず、お口だけは達者なこと」

男が脱いだ頬隠し頭巾を受け取りながら、おこうは笑う。

頭巾の下から現われた顔は、松田与左衛門であった。

故郷の越前大野に妻子を置いたまま、永らく大野藩江戸留守居役を務める松田が、十数年前に妾にした女がおこうであった。

「なかなかの繁盛ぶりではないか」

松田が、ここを訪れるのは、もっと夜更けてからのことが多い。だから、次つぎと暖簾をくぐる客に多少の驚きを感じている。

「はい、おかげさまで。それもこれも、おまえさまのお眼鏡のたまものですよ」

この地を選び、茶漬け屋あたりがよかろうと知恵を出したのは、たしかに松田である。

十畳ばかりの奥座敷は松田の専用で、客は入れない。

刀架けに大小を置いたのち、松田はいつものように床柱を背にして座った。

そこは細長い中庭を縦に一望できる位置にあったが、すでに立冬も過ぎた今、障子は閉じられている。

「ずいぶんと冷え込むようになった。そろそろ炬燵《こたつ》を出してもよいのではないか」

「あれ、炬燵開きは、まだ先でございますよ。たしか亥の日は九日のはず」

十月最初の亥の日は玄猪《いのこ》の祝いといって、江戸城大手門と桜田門では篝火が焚かれる。

武家も町民も亥の刻に餅を食って無病息災を祈り、茶の湯の世界では、この日が炉開きである。

また、炬燵や火鉢を出すのも、この日と昔から決まっていた。

「そりゃそうじゃろうが、今年は閏《うるう》年じゃからな」

閏四月が入ったため、今年の十月一日はいつもよりずっと寒いのであった。

「茶漬けで、暖《あつた》まりますか」

「うん、そうしよう。どっさり近江漬《おみづけ》をのせたのに山葵《わさび》を利かせ、鰹出汁《かつおだし》でいこうか」

「はいはい。わかっておりますよ」

うるさい注文は、いつものことで、茶漬けならぬ出汁漬けは、松田の大好物であった。

実はきょう、越前大野藩忍び目付の服部源次右衛門から松田の許へ使いがきた。

相談ごとが、あるという。

それで使いには、今宵の六ツ半（午後七時）ごろに［かりがね］で、と返事をしておいた。

これまでにも、源次右衛門との密談に、しばしば使う場所であった。

松田は、ついでのことに好物を食おうと、半刻ほど早く顔を出したわけである。

「おかげで、暖まった。もうすぐ、客がくるでな」

出汁漬けを食い終わり、腹を撫でながら松田は言った。

おこうも心得たもので、

「では、終わられましたら、お呼びくださいな」

無駄口は叩かず、奥座敷から消えた。

まるで、そのときを見透かしたように、障子の外から声がした。

「入らせていただきますよ」

「おう」

松田は、つくづく服部源次右衛門のことを──。

(敵にせずに、よかった……)

と、いつもながらに思う。

おそるべき男であった。

もう、二十年ばかりも昔になるが、松田はこの源次右衛門に、つけ狙われた時代もあったのである。(第六巻：陰謀の径)

姿を現わしたのは、どこからどう見ても商家の主人ふうで、物腰の柔らかな、だが恰幅のある五十がらみの男であった。

服部源次右衛門は藤兵衛と名乗り、浅草瓦町で［高砂屋］という菓子屋の主人をしている。

その算段をしたのは松田自身だが、今や越前大野藩内に、服部源次右衛門という忍び目付がいることすら知る者は少なく、ましてや、それが菓子屋の主人に収まっているなどと知る者は、松田以外にはいないのであった。

「酒でも頼もうか」

「いや、それより、本題に入りとうございますが」

「うむ。わかった」

いつになく、源次右衛門の肩に力が入っているようだぞ、と松田は感じた。

「今宵は、少し寒うございますが、障子を開いたままで、ようございましょうか」

「かまわぬぞ」

やはり、密談だなと松田は悟った。

「お側にごめん」

源次右衛門は、軽い身ごなしで松田に接するように座ると、

「さっそくながら、また越前へまいろうと思います」

囁くような、だが、よく耳に届く声を出した。

「ふむ。越前……福井へか」

「はあ、あれ以来、どうにも腹の煮えが、おさまりませんでな。過日には、芦田がやってきたとか」

「おうさ。例の丸薬を土産にな、いけしゃあしゃあと、やってきよったわ。はて、江戸の地口で、なんとかいうたな」

「蛙の小便、池しゃあしゃあ、ですかな」

「それそれ、蛙の小便じゃ。わしとて、腹が煮えておるわ」

源次右衛門が、あれ以来、と言うのは、回向院裏の材木蔵近くの屋敷で、酒井大老と越後高田藩家老の小栗美作との間に交わされた密談を聞いて以来、という意味だ。

あろうことか、大野藩主の嫡子を廃嫡にしようという陰謀が、そのとき語られたのである。

そして、その陰謀に加担するのが福井藩主の松平昌親で、前段階として福井藩家老の芦田図書が、仲直りと称してやってきている。

「あのとき、いずれ、一泡吹かせてみせよう、とおっしゃいましたな」

「おう、言うた。なにやら思案がついたか」

「はい。実は、前に越前宗家のことは、お話しいたしましたな」

「ふむ、全国に散らばる越前伊賀者の総師で、その子息たちに、伊賀者の技を伝えるところであったな」

「さよう。その越前宗家、というより今の当主の千賀地采女盛光に、我ら越前伊賀者すべからく、誓詞を強要されたことがございます」

「ほう」

「問題は、誓詞の内容で、伊賀者の結束を確かめるためと称して、越前伊賀者は越前宗家の旗の下に集まり、事あるときは、主君より宗家の意志を重んずべし、という一項がございましてな」

「なんと、そりゃ、まことか」

「はい。そのときは、伜を質にとられているようなもので否やも申せませんでしたが、越前松平家に関わる伊賀者、数百人の誓詞は、ことごとく千賀地盛光のところに保管されているはずでございます」

「まさか、そなた、そいつを……」

驚いた松田に、源次右衛門は大きくうなずいた。

「福井は今、跡目のことで三つ巴《どもえ》に揉めているさなか、ましてや千賀地めは越前宗家とはいえ、たかだか、五十名の伊賀者を率いた福井藩留守番組頭にて、いわば一介の藩士でしかない身分。そんな男が、福井藩支藩のみならず、越後高田や、姫路や松江と、全国に散らばる越前松平家に仕える伊賀者から、そのような誓詞をとったことが明らかになれば、これは、もう……」

「そりゃ、ま、大騒ぎは必定……。しかし、そやつを盗み出して、どうするつもりじゃ」

火中の栗、ということばを松田は飲み込んだ。

下手《へた》を打てば、こちらも火傷を負うくらいではすまない、かもしれない。

「誓詞の内より、福井藩家中の者だけの分を選び出し、そやつを昌親に批判の目を向けている主だった家に、ここに二枚、あそこに三枚、といった具合にばらまこうと思いますが……」

「ふむ……」

福井藩では、前藩主の松平光通が自殺して、その遺言により腹違いの弟である昌親が五代藩主の座におさまった。

それから一年と少したつ今も、その相続に対して不満を抱く家臣は多く、まるで埋もれ火のようにくすぶり続けている。

というのも、前の光通には権蔵という実子があったし、さらに昌親には昌勝という、やはり腹違いの兄がいた。

それが順を侵し、長幼の序を乱す、という理由である。

隠し子であった権蔵は、昨年には将軍に拝謁を許され、正式に越前松平家の一員と公認された。新たに松平直堅と称している。

それで福井からは続続と脱藩者が出て、直堅の許へ走る者も多かった。

しばらくの間、松田は熟考したが――。

（おもしろいかも、しれぬ……）

これが我が藩の伊賀者だったり、出雲松江藩や播州姫路藩の伊賀者だったりすれば、逆乱《げきらん》ともとられかねない文書の暴露によって、どんなふうにサイコロの目が転がるものか、予想すらつかない。

だが、それが越前福井藩、一藩にかぎるならば大方の予測はできる。

（まず、千賀地盛光には軽くて蟄居閉門、おそらくは腹を切らされ、家は断絶となろうな……）

それは、そうであろう。

福井藩留守番組として福井城広敷警固を預かる、その組頭が、五十人の部下に対して、藩主よりも自分の言うことを聞け、との誓約書を書かせているのだ。謀反の罪に問われても、仕方がないだろう。

問題は、千賀地盛光一人が矢面に立って、事が終わるかどうかだ。

（それだけでは、すむまいよ）

源次右衛門は、その誓詞を、現藩主に批判的な家にまくと言う。火に油を注ぐ陽動作戦としては、大いに期待が持てるのである。

（しかも、当方には、まるで火の粉は降りかからぬ……か）

もっとも、それも、それが服部源次右衛門の仕業とは知られない、という前提つきであるが……。

「いやしくも千賀地盛光は、伊賀者の越前宗家、しかも剣は、藩主剣術指南役の兄より腕が立つ、と聞いたぞ。自信はあるのか」

「実は今月十四日は、千賀地盛光の実父の十三回忌にあたりましてな」

「ほ……」

千賀地盛光の実父は出淵平兵衛《いずぶちへいべえ》といって、将軍家以外への弟子には印可相伝を禁じられている御留流、すなわち柳生新陰流の印可を、特別に徳川家光から許しを得て受けた、という人物であった。

平兵衛は、越前福井藩の先先代藩主である松平忠昌に召し抱えられ、今は長男の盛《もり》許《もと》が、平兵衛の名跡を継いで剣術師範の役を継いでいる。

次男の盛光は、千賀地半蔵家婿養子となり、千賀地家を相続して伊賀者越前宗家となったのだ。

源次右衛門は言った。

「十三回忌の法要は、光照寺というところでおこなわれますれば……」

「なるほど、その日に狙うわけか」

「さようでございます。まさに絶好の機会、伜をはじめ、万全の態勢で臨みますが、いかがでございましょうか」

「わかった。しかし、くれぐれもぬかるではないぞ」

「承知いたしました。吉報をお待ちください。では、さっそくにも」

一礼ののち源次右衛門は、すでに闇の帳《とばり》が下りた座敷外へ去ると、音も立てずに障子を閉めた。

5

落合藤次郎が日高とともに長崎に入って、はや半月がたった。

二人は泉屋（住友）の手代、長十郎の世話で、浦五島町で呉服商を営む［玉屋］に寄留を決め込んでいる。

同町内にある泉屋長崎店は、間口こそ十二間一尺（約二二メートル）だが、奥行は三十九間九寸（約七一メートル）ほどもある。

店の裏手、長崎港に面した浜側は石垣で、三ヶ所の水門に波止場、波止場石段の設備があった。

大坂より回送されてくる棹銅は、ここに荷揚げされて、広場に建つ五つの銅蔵に収納されるそうだ。

泉屋には同じ町内に貸家がいくつかあって、藤次郎たちの寄宿先である［玉屋］も、そのひとつであった。

――いや、いや、たかが手代と思うておったのじゃが……。

日高にとって長十郎は、大坂時代に妾にしていた女の弟であって、当時はまだ泉屋本店の丁稚であった。

それが今は、長崎店で手代になっていたことを思い出し、頼りにしたのであったのだが……。

――それが、このような羽振りとは、こりゃまた、嬉しい誤算じゃのう。

と、日高がにんまりしたのは、ほかでもない。

この長崎で長十郎は、日高が想像した以上に幅の利く存在であったのだ。

初期の長崎貿易は相対貿易、すなわち自由貿易であったから、〈南蛮吹き〉で知られる銅商の泉屋は、盛んに棹銅を輸出した。棹銅は長さ七寸から八寸（約二三センチメートル）、重さが半斤（約三〇〇グラム）に作られた輸出用の銅のことである。

だが国内の銅が不足しはじめて、寛永年間（一六二四～一六四四）に銅の輸出が禁じられた。

住友家二代目の理右衛門が、解禁を嘆願して銅輸出は再開されたが、七年前の寛文八年には、またまた銅輸出は禁じられてしまう。

おまけに三年前の寛文十二年十一月、幕府は市法売買法を施行して、官営貿易に転換した。

これは市法会所が輸入品を評価した価格で買い入れて、国内の商人に入札で売り、利益を幕府や長崎の商人や町民に分配するという法である。

会所は本《もと》博多町に設けられ、六十七年続いた自由貿易に、幕府の統制の網がかけられた。

ちなみに、この物語の時期、市法会所は八百屋町に移転していたが、輸入品の代金は主に銀、あるいは小判としての金で決裁されることが多かった。

そのため泉屋長崎店では、本来の銅商としての商売は不振で、貿易が主な業務になっている。

輸入の品は、白糸（国産に対し中国から輸入の生糸をこう呼ぶ）、弁柄糸などの糸類、綸子《りんず》、繻子《しゆす》などの織物、薬種類では龍脳、胡椒、白檀や紫檀、さらには白砂糖、黒砂糖、水銀や錫、亜鉛（トタン）などが主な取扱品であった。

さて、ところで泉屋長崎店の名義は、もちろん住友家当主である、三代目の住友吉左衛門友信になっている。

余計なことだが、友信以降、住友家当主は代代が吉左衛門を名乗って現代にいたるのである。

しかし当主は当然、大坂本店にいるため、長崎店の事実上の最高責任者は、吉左衛門友信の甥にあたる平八で、貿易業務を実際に切りまわしているのが、二人の手代である長十郎と与九郎であった。

　現代ふうに言えば、平八が支店長、長十郎は貿易第一部長、与九郎が貿易第二部長、勘定方総目付は経理部長というようなことになる。

　つまり長十郎は、藤次郎たちが長崎貿易について学んだり、その裏情報を得るには、ぴったりの人材でもあったわけだ。

［玉屋］に寄宿した日より、日高と藤次郎が向かった先は、立山の長崎奉行所東役所であった。単に立山役所と呼ばれている。

　以前より外浦町にあった長崎奉行所は、長崎奉行の牛込忠左衛門が二年前に立山に新奉行所を作って、今は西役所と呼ばれて二つ体制になっていた。

　長十郎の話では、長崎奉行は立山役所に居住して、ほとんどの業務は新役所でおこなわれているそうだ。

　長崎警固の役で、西国諸藩から多数の武士が詰めているので、武家姿は長崎で珍しいものではない。

　だが町中を、昼間からぶらぶらしているのは怪しまれようと日高は考え、二人は風《ふう》体《てい》や髷も町衆ふうに変えた。

　立山役所は［玉屋］から北東に十数町ほど離れた高台にあって、背後の小高い山が立山である。

傾斜地のため、高だかと石垣が積まれているさまは、城壁めいた造りであった。

立山奉行所の敷地は三二七八坪半あって、そこには御門長屋、御本屋、東長屋、西長屋、向長屋、南長屋、足軽長屋、厩長屋、土蔵、その他の施設があるという。

――ふうむ。こりゃ、なかに入るのは、むずかしそうじゃな。

一目見て、日高が言った。

炉粕町の通りに本覚寺というのがあって、その東横手に立山役所の外門がある。

これは番所櫓《ばんしよやぐら》のついた長屋門で、ご定法どおりの黒渋塗《くろしぶ》、門両脇の番所櫓の格子下は白漆喰の海鼠壁《なまこ》だ。

そのあたりは江戸の町奉行所と変わりはないが、海鼠が太い分、ずいぶんといかつく見えて、峻厳な感じがする。

そのうえ、二人の門番が六尺棒を手に立っているあたりが、いかめしい。

長屋門の先は長い坂道になっていて、高台の入り口あたりにも番人が見えた。

――あそこに、寺の裏門がありますが。

――うん。そうじゃな。

本覚寺の山門は南向きにあるが、東のほうに通用門らしいものがあった。

その通用門の前を通らねば、立山役所の外門に行けぬのだから、恰好の見張り場所だと思えた。

［泉屋］の長十郎によれば、すでに交代の長崎奉行、牛込忠左衛門は立山役所に入り、前任の岡野貞明と事務引き継ぎをしているそうな。

見張りの場所は決まったが、肝心の原田がいつ現われるかはわからない。

日見峠の関所役人の話から、自分たちのほうが原田より先に着いたとの確信はあったが、目を皿のようにして、ただただ待ち続けるというのもつらいものだ。

暮れ六ツ（午後六時）に、長崎奉行所の外門は閉まった。

――どうしますか。

――そうじゃのう。

藤次郎の問いに、日高は首をかしげてから答えた。

――遅くに到着ということもある。今しばらく待とうぞ。

藤次郎は、うなずいた。

急速に空の濃紺が黒ずんでいき、やがて夜が訪れた。

そっと長屋門のほうを覗くと、番所櫓の格子の奥に、ちらりと灯の色が見える。夜間の訪問者は、潜り戸から入られるらしい。

半刻ばかり過ぎたころ、藤次郎の腹が鳴った。腹がすいたせいだ。

昼弁当に握り飯を四個食べたのだが、それだけでは間に合わなかった。持参した水も、もう尽きている。

——あすからは、夜弁当も必要じゃな。

笑いを含んだ声で、日高が言った。

五ツ（午後八時）の鐘が聞こえて、引き上げることになった。

一日目は、空振りに終わったのだ。

そして翌日、夜も明けない早朝から、再び張り込みがはじまった。長崎奉行所の外門は、明け六ツ（午前六時）に開いた。

二刻（四時間）ばかりもたったころ、

——いやはや、待つ、というのもつらいものじゃ。

言って日高が、低い声で唸りはじめた。

松は唐崎、時雨は外山、月の名所は須磨明石、雪は越路かや、いざ方よの、あれはよいよい、あれはさて、これはさて。

なかなか渋い、喉だった。
待つから、松を連想して、思わず退屈しのぎに歌ったものらしい。
――どこの歌でございますか。
――地唄というての、上方唄よ。若いころに、少しかじったのじゃ。
――なかなか、おもしろうございますな。ほかにもございますか。
――いくつもな。うむ、少少長いやつをやってみようか。
言って、日高が唸った地唄は、次のようなものだった。

思うこと、かなわねばこそ浮世とは、よくあきらめた無理な言《げん》、神や仏が嘘つくならば、惚れた証拠はどう書こぞいな、嘘じゃ嘘じゃは女子の癖じゃ、無理は言い訳する墨の、馬鹿らしいほど愛《いと》しゅうてならぬ。浮名立つとも男の心、たとひどのよな辛苦も、ほんになんの厭ひはせん仏かみ、もうしもうし、これもうし、拝みやんすと頼む神さん。

その日も昼近くになって、原田が現われた。藤次郎たちに遅れること二日、九月十八日のことである。

――きよったな。

うめくように日高は言ったが、なすすべはない。

原田は悠然と長崎奉行所の外門をくぐり、藤次郎たちは坂を上り行く原田の背姿を見送るしかなかった。

なおも、見張りを続けていると、一刻もせぬうちに原田は奉行所を出てきた。

――お、早いの。

――跡を、つけますか。

――もちろんじゃ。

こうして原田の跡をつけはじめた二人だが、

――ん。こりゃあ。

原田は炉粕町を右に曲がり、すぐに左に曲がって馬町を通り、中島川に架かる橋を渡って新高麗町に入ると、そのまま川沿いに東に向かっていった。

長崎街道に向かう道だ。

せめて長崎で、一泊か二泊はするだろうと予測したが、原田は、さっさと長崎をあとにするようだ。

――割り符を渡し品物も受け取って、はやばやと長崎を去るつもりだな。

日高は立ち止まり、小さく首を振って続けた。

――あとは、浪花の清瀬拓蔵《きよせたくぞう》たちにまかせておくほかはなさそうじゃ。

――そうですね。

藤次郎も答えた。

原田は長崎奉行の岡野貞明から、予定どおりに芫青を受け取り、それを大坂で待つ源三郎に中継する。

その源三郎を見張る、清瀬ほか五名の密偵たちに日高は、源三郎が〈椪の屋形〉に帰り着く前に、なにがなんでも暗殺して芫青の毒を奪うように、命じておいた。

その清瀬拓蔵が、この長崎をめざして旅をしているなどとは、二人は知るはずもなかったのである。

長崎代官

1

代官というのは勘定奉行の支配下にあって、地方の幕府直轄地を支配する役人の職名で、管轄地が広大であったり、重要な土地では特に郡代、と呼ばれる。

ところが長崎代官は、いささか特殊であった。

長崎奉行の支配下で、輸入品を検査し、倉庫を守り、長崎の寺社を取り仕切るのが仕事で、役料は百俵である。

長崎代官の第一号は、天正十八年（一五九〇）に豊臣秀吉によって任命された鍋島《なべしま》飛驒守直重《ひだのかみなおしげ》であるが、朱印船貿易家として、秀吉の呂宋《ルソン》の壺の買付などに辣腕をふるった村山等安《むらやまとうあん》が、後任になった。

大坂城が落ち豊臣家が滅ぶのを待っていたように、村山等安を讒訴《ざんそ》して蹴落とし、次に長崎代官の座を手に入れたのが博多の豪商で、やはり朱印船貿易をおこなっていた末次興善《すえつぐこうぜん》の次男、政直《まさなお》である。

では政直は、なぜ、それほどまでにして長崎代官になりたかったか、というと、それはまさにうまみのある職である、の一語に尽きる。

自らが安南やシャムと貿易をおこなう一方で、長崎に入る輸入品を一手に取り仕切ることができるとなれば、まさに濡れ手に粟なのであった。

政直は元もとジョアンという洗礼名を持つキリシタンだったが、これは単に貿易に役立つという理由からだけで、長崎代官の職につくなり末次平蔵《へいぞう》を名乗って、逆に厳しいキリシタン弾圧に着手した。

変わり身が早いというより、この男、かなり狡猾で、いやな男であったようだ。

以来、末次家は代代が平蔵を名乗って長崎代官を世襲して、今は四代目の末次平蔵茂朝《しげとも》がその職についていた。

「大きな声では、言えまへんけどな」

長崎代官のことを教えてもらいに行った、日高と落合藤次郎の二人に、長十郎は声をひそめた。

「もう、四十五年ほども昔のことで、おますんやが」

当時は、まだオランダ商館が平戸にあったころで、初代の末次平蔵政直《まさなお》は大恵島（台湾）をめぐって、オランダ東インド会社と対立し（タイオワン事件）、このためオランダ貿易は四年ばかりも中断した。

この間、平蔵政直は将軍家光を騙《かた》った偽書なども作ったことが露見して、ついには捕らえられ、獄中で謎の死を遂げた。

「ま、これは噂でっけど、当時の閣老やら、あちゃこちゃの大名やら、初代を通じて甘い汁を吸っとったわけやけど、そんなんを初代にぺらぺらしゃべられたら、えらいこっちゃと、ひそかに暗殺されたんとちゃうか、ちゅうんですわ」

「しかし、それで、よく、長崎代官の世襲が許されましたね」

疑問を口にした藤次郎に、

「さ、そこでんがな」

長十郎は、豪商の手代とも思えぬ軽い口調で、

「初代を闇に葬ったところで、末次家には、膨大な証拠の書付や、なんぞが、ごろごろしておりますのや。初代の嫁さんやった女が、これまた、えらい気の強いおなごで、倅に長崎代官を相続させるんやったら、いっさい、なにも言いまへん、と言うたとか、

言わんかったとか……」

「つまり、脅迫したと……」

「いやいや、噂でんがな。しかし、まあ、親父さんが、えらいことをしでかして牢にぶち込まれながら、伜にはなんのお咎めもなしっちゅうのは、やっぱり、虎の尻尾を踏みつけて、暴れられたら困る、ちゅうとこやったんやおまへんかなぁ」

「なるほど……」

納得のできる話であった。

「これも大きな声では言えまへんけど、初代の血を引いたんか、二代目も、三代目も、当代も、あそこの家のもんは、欲の皮が突っ張ったというか、浪花《なにわ》のことばで言うたら、えげつない連中ばっかりでおましてな。いやいや、これはやっかみで言うんや、おまへんで。それも、亭主ばっかりやのうて、その嫁さんたちも、また、えげつない。たとえば当代の母親なんか、亭主の菩提を弔うとか殊勝なことを言うて、今は長福院なぞと名乗っておりますけど、やってることは、えげつのうおまっせ」

どうやら長十郎は、長崎代官になにか含むところがありそうで、さんざん悪口を並べ立てている。

だが、情報が集まるのは歓迎だから、

「はて、どのような」

藤次郎は尋ねた。

「抛銀《なげがね》でんがな」

「なげがね？」

「海外貿易という商売には、二通りおましてな。自前で船を仕立てて、あるいはやってきた船との物品取引をする。もうひとつは、成功報酬で貿易商人に金を貸す。利率は十割から十三割やから、ぼろい儲けや。それを抛銀と言いますのやが、市法会所ができたときから、これは固く禁じられておりますのや。ところが長福院、平気で御禁制を破って、唐船に抛銀をやってるそうでおます」

「ほう。それは、つまり、密貿易のようなものですか」

「いや、そうとはかぎりませんけどな。ま、オランダ船では無理やけど、唐船相手の密貿易なら、いくらでも噂を聞いたことがありまっせ」

長十郎の話では、貿易の相手は清、オランダのほかに朝鮮、琉球、高砂（台湾）などがあり、琉球は島津藩の役人が目を光らせているのでむずかしいが、朝鮮あたりには自ら船を仕立てて出向いていく密貿易も多いとのことだ。

「清、とはどうですか」

藤次郎の頭には、芫青という毒のことがある。それを密輸する手がかりが欲しい。これも長十郎から得た知識であるが、唐人との交易は、オランダ船による交易の倍以上もあって、年に銀七千貫目を超えるほどであるという。

芫青は、唐土に生息する青斑猫という虫の毒薬としての名であった。

「一口に清、というても広うおますからなあ」

その独特の形状から鳥船《とりふね》と呼ばれる唐船にしても、シャム、広東、高砂あたりからの船は、外洋の風波に耐える大船であるが、南京《なんきん》や寧波《ニンポー》（浙江《せっこう》省寧波市）あたりの近海からくる船は、口船《くちぶね》と呼ばれる小型船であったり、なかには沙船《させん》と呼ばれる川船まであるらしい。

「そういったものも、やはり出島に入るんですか」

「いやいや、唐船は戸町浦《とまちうら》（現長崎市深堀）に入港して、荷は樺島町や五島町の土蔵まで運ばれてくるんや」

「へえ。すると、やってきた唐人たちは……」

「そら、ごろごろおりまっせ。今、この長崎の人口は六万人ほどでっけど、そのうちに唐人は、どれくらいいてはると、思いまっか」

「さて……」

見当はつかぬが、出島に住むオランダ人は二、三十人くらいと聞いていたので藤次郎は、少し多めに答えた。

「二、三百は、おりましょうか」

「あほな……」

長十郎は苦笑いしたあと、答えた。

「ざっと、一万人はおりまっしゃろ」

「えっ！」

藤次郎は仰天した。

隣りの日高信義も、

「おい、長十郎、そりゃ、まことか」

やはり、驚いたらしい。

長十郎の説明によれば、明朝が滅んで長崎に遺民となった唐人も多く、かれらは我が国の女性と結婚して子孫を増やしている。

それを〈住宅唐人〉と呼んで、その多くが唐通事（通訳）の役にあたっているという。

残るは、取引の期間だけ長崎に滞在する〈来船唐人〉たちだ。

「そういった客商は、ここの外町や内町にもおるけれど、ほとんどは、戸町浦から近い、稲佐《いなさ》や水ノ浦あたりに集落があってな。なかには、こっちの女と一緒になって、住みついとるもんもおるらしい」

「ははあ……」

オランダ人たちが出島に閉じこめられているのにくらべ、唐人たちが、そんなに自由であることに、藤次郎は驚いた。

要は、耶蘇教との繋がりがないせいであろう。

(つまりは、抜け荷など簡単だということだ……)

そんな印象を持った。

こうして藤次郎と日高が、徹底して長十郎から情報を得て出した結論は――。

――芫青抜け荷の手がかりは、やはり長崎町民のうちで最大の実力者、と言われる長崎代官の末次平蔵をおいては、なさそうだな。

というものであった。

二人は、さっそく末次平蔵の屋敷を見にいった。

先日の立山役所からほど近い、勝山町に、それはあった。

豪壮な屋敷である。

元の末次家は、そこよりずっと西の本興善町《もとこうぜんちょう》にあったのを、慶長十九年（一六一四）の禁教令で取り壊された、サント・ドミンゴ教会の跡地に先の第三代・末次平蔵政直が屋敷としたもので、およそ二千坪余の広さがある。

使用人も半端な数ではなく、ひとの出入りも激しい。

「こうやって、眺めておってもなんにもならぬが、さて、どうしたものかの」

日高が言うのに、

「主だった者の顔と名を覚え、近づいてみる、というのはどうでしょう」

答えてはみたものの、藤次郎にも名案は浮かばない。

「それも手じゃろうが……」

日高も首をひねり、

「一度、稲佐や水ノ浦あたりまで出向いたほうがよさそうじゃな」

「来船唐人たちが居住するところですね」

そこは長崎港の西で橋らしい橋もなく、舟を使う以外は、一旦、浦上あたりまで北上して渡し舟で浦上川を渡るしか手がないようである。

「近ごろ、どんな船が入ったか、聞き込めば参考になろう」

「しかし、唐人相手に言葉が通じましょうか」

「ありゃ」

日高が目を剝いた。

「長十郎の話だと、住みついている唐人もいるそうだがの……」

自信なげに言った。

「あ……！」

ようやく、藤次郎に考えが浮かんだ。

「それより、どうでしょう。抜け荷にしろ、唐船と取引となれば、唐通事が必要となりましょう。この長崎に、どれほどの唐通事がいるかはわかりませんが、いずれたいした数ではありますまい。適当な口実を設けて、唐通事たちに近づくという方法では、いけませんか」

「なるほどのう」

しばし考えたのち、

「よし。時間はかかろうが、それでいこうか」

ようやく方針が定まった。

2

この日、冬瓜の次郎吉は、疲れた足を引きずって、麹町にある［武蔵屋］という居酒屋の油障子を開けた。

まだ日没には間のある時間で、客の姿はまばらであった。

奥の小上がりに、子分の為五郎《ためごろう》、善次郎《ぜんじろう》、藤吉《とうきち》の三人が集まり、ちびちびと酒を飲んでいる。

「ふん。その様子じゃ、きょうもいい目は出なかったようだな」

次郎吉が声をかけると善次郎が、

「親分のほうは？」

「いけねえな。おめぇらと一緒よ」

次郎吉は近寄ってきた店の女に、

「二、三本、つけてきてくんな」

言って小上がりに上がった。

このころ、酒はたいがい銚釐《ちろり》で出たが［武蔵屋］では珍しく、小ぶりの徳利を使っている。

落合勘兵衛から頼まれ、江戸じゅうの弓師や矢師などをあたりはじめて七日目、きょうで、すべてを終えたのだが、ついに成果はなかった。

「どこか、漏れてたとこでもあったんですかねぇ」

善次郎が言う。

「いや、そうは思えねぇがな」

次郎吉は答えた。

「だって、そうじゃねぇか。［堀越屋］が知らねぇ職人なんてのは考えられねぇ」

堀越屋は、上野御成街道の行き当たりにある弓具問屋で、のちに京の弓師から一手仕入れの約定を手に、幕府御用の弓問屋にまでなった［西川京店］が現われるまでは、江戸で唯一の弓問屋であった。

だから、［堀越屋］と取引のない弓師など、いるはずがないのである。

次郎吉は、［堀越屋］の主人から、弓師、矢師、弦師、弓懸師と、弓矢に関係する職人のすべてを教えてもらったうえで、三人の子分たちに割り振りをしたのであった。

もちろん教えられた弓師は、いわば親方筋で、通いの職人を何人も抱えている者もいたが、ぽっと出の丹生兵吾が、そういった職人に直注文を出すなどとは考えにくい。

（そう、丹生兵吾って野郎は、ぽっと出だ）

きょう、小石川伝通院前坂の喜平《きへい》という弓師を訪ねたあと、牛込筑土《つくど》八幡横の庄《しょう》五郎《ごろう》という弓師のところで、次郎吉の分担は、すべて終わった。

その帰り道、次郎吉はつくづく考えてみて、思いついたことがある。

それは、落合勘兵衛から聞かされた話のなかに潜んでいた。

丹生兵吾が父母と一緒に越前大野を出奔し、江戸に現われたのが九月十一日だという。

それに対して、次郎吉たちが弓師詣でをはじめたのが九月二十七日からだった。

（少しばかり、早すぎたのではないか……）

まずは、この江戸で住まいを定め……、それから……というふうに考えると、まことに微妙なところがある。

「え、もう一度、最初からですかい」

次郎吉の話に、為五郎が頓狂な声を出した。

「おう、今言ったとおりだ。おいらたちがまわったそのあとで、その野郎が顔を出したってことも考えられるだろう」

「ま、そりゃ、そういうこともあるでしょうが、次にまわって、またそのあとにって考えだすと、もう、きりがありやせんからね」

「なんだ、為、不満なのか」

「いやだなぁ、そういうわけじゃ……」

声の小さくなった為五郎の横で、

「親分の言いなさることにも、一理ある。元もと俺らの仕事は、おっくうがらずに足で稼ぐしかねぇんだ。二度でだめなら三度、四度でも出向きやすぜ」

と善次郎が言った。

「よく言った善の字」

善次郎は、次郎吉が火盗改めの付き人になって最初の手下だけに、探索の苦労は為五郎より、よくわかっている。

「まあ、ひととひととの相性というのもあるからな。とりあえずは、二、三日休んで、次は分担を変えて一からはじめようか」

「へい」

今度は為五郎も、素直にうなずいた。

「よし。そうと決まれば、きょうは好きなだけ飲み、好きなだけ食ってくれ」

言って、次郎吉は目を細めた。

そのころ落合勘兵衛は、町宿から近い元浅草鳥越町の寿松院無量寺という寺にいた。浄土宗の寺である。

そろそろ日暮れも近く、境内で遊んでいた子供たちの姿が消えるのを待って、

「じゃ、はじめましょうか」

「うむ。いや、ほんとうに大丈夫か」

勘兵衛に向かって念を押したのは、道場仲間で、［千束屋］政次郎の用心棒でもある、横田真二郎であった。

「鏃《やじり》はたんぽをかぶせてある。たとえ当たってもたいしたことはない。心配は無用です」

「そりゃ、そうだろうがの……」

あれから勘兵衛は、高山八郎兵衛《はちろべえ》の許しを得て夜の道場を使わせてもらい、じっくりと早坂生馬の半弓の矢筋を見せてもらった。

まずは横から見、次には正面方向から見たのだが、いざ矢面に立ってみると、矢が飛ぶ速度というのは想像以上のものであった。

早坂は辻番所の書き役で、暮れ六ツで仕事を終えてからやってくるので毎晩という

わけにもいかず、隔日に稽古をしたのだが、三度目くらいから勘兵衛は、矢筋を見切ることができるようになった。

それで一応は防具をつけて、早坂の矢を受けてみたら、みごとに木刀で矢を叩き落とすことに成功した。

そのころには、この変わった稽古を聞きつけて、［高山道場］の弟子たちも何人か見物にきていたが、やんやの大喝采になっている。

勘兵衛が、早坂が放つ矢を五本続けて叩き落としたとき、

──どれ、わしにもやらせてみろ。

道場主の高山が言い、高山もまた五本すべてを叩き落として見せたものだ。

見物のなかには横田もいて、稽古を終えての帰り道、勘兵衛は早坂と横田を柳河岸の［丸笹］に誘った。

［丸笹］は八月に、横田が勘兵衛を誘った小料理屋である。

──みごとに、叩き落とされましたな。

誉める早坂に勘兵衛は、

──いや。あれが大弓ならば、どうであったか。次はぜひ、大弓で試させてください。

普通の弓なら、およそ十五間（二八メートル）の距離は必要で、道場での稽古では、半弓しか使えなかったのである。

――はあ、以前にも、そう言われておられましたな。すると、日暮れてからでは、まずかろうし、早朝のうちに、ということになりますがな……。

それに、適当な場所も見つけねばならない。

そのとき――。

――弓くらいなら、俺が引いてやってもいいぞ。

言いだしたのは、横田である。

――わしゃ、親の代からの浪人だが、親父が武芸に熱心でな。小さいころから弓の稽古にも励んだものだ。剣よりも弓のほうが得意であったぞ。いや、今も、ときどきじゃが本庄（本所）は林町五丁目横町にある、矢場屋敷に通っておるほどじゃ。

横田であれば時間の制約もないので、

――じゃ、横田さんにお願いしましょうか。

ということになり、近所の寿松院にも話を通し、きょうの稽古ということになった。

広さとしては十分だが、寺の施設を傷つけてはならぬので、前もって八次郎に古畳を運ばせ、十五間ほど先の松の木に結わえつけさせておいた。

「まずは、二、三本、肩慣らしに射込んでみるぞ」

「ああ、そうしてください」

「そっちは、普通の矢でいくから、そのつもりで」

「承知しました」

言って、畳のほうに向かおうとする勘兵衛に、

「旦那さま、ほんとうに、大丈夫でございますか」

心配そうな声を出す八次郎に無言で笑いかけ、勘兵衛は古畳の側に立った。

すると横田が、手で、もう少し離れろと合図を送る。

(おや、自信がないのか……)

思いながら、勘兵衛は少し離れた。

やがて、横田が足踏みから胴造りに入り、矢をつがえはじめた。

やがて――。

「おう!」

瞬きもせず見つめる勘兵衛に、横田の矢叫《やたけ》びが聞こえ、唸りをあげて近づいてきた矢は、刹那ののちに古畳に、突き立っている。

見ると、畳の真ん中だ。

自慢しただけあって、横田の弓はなかなかのものらしい。

残る二本も、ほぼ同じ位置に刺さった。

（ふむ）

三本の矢筋を見ただけだが、先日の道場での半弓のときより、余裕を持って見切ることができたと思う。

それは、早坂と横田の腕のちがいというより、むしろ距離のちがいだろうと、勘兵衛は感じた。

半弓のときは、五間（九メートル）しかなかったが、今度は三倍の距離がある。

勘兵衛の目には、むしろ、大弓の矢はゆっくりと見えたのである。

「では、お願いいたす」

言って、勘兵衛は古畳の真ん前に立った。

きょうは、木刀ではなく、真剣で矢を迎えるつもりだった。

昨日も、今朝も、勘兵衛は町宿の庭で、居合の練習に没頭した。

故百笑火風斎から伝授してもらった、神明夢想流の抜刀術、〈磯の波〉である。

（火風斎先生は――）

――斬るは、刃先五分（一・五センチメートル）のみ、すなわち鋩子《ぼうし》にてひとを倒すが真骨頂。

と言われたな。

そんなことを思い出しながら勘兵衛は、無心に剣をふるったのである。

横田の矢叫びが聞こえた。

矢は、まっしぐらに勘兵衛に向かっている。

勘兵衛の身体はしなやかに横っ飛びになりながら、僅かに沈み、

「とうっ！」

かけ声とともに鞘走らせた剣は、次の瞬間には、もう鞘に収まっていた。

なにかを、斬った、という手応えのようなものなど、ほとんど感じなかったが、小さな音はした。

見ると矢は、鏃《やじり》から二寸ばかりのところで切断されて足元に落ちており、残りの矢羽根のほうは、三尺（九〇《センチメートル》）ばかり先に転がっていた。

「おみごとっ！」

横田の声がした。

だが、勘兵衛に、それほどの喜びは湧かなかった。

相手が矢を放つことを、あらかじめ知ってのうえのことだ。

しかし――。

（いつ、どこから、矢を放たれるともしれぬ……）

勘兵衛は、つとめて慢心を戒めていた。

3

二日後の、長崎である。

この日、長崎奉行の岡野貞明が江戸に戻ると聞いて、落合藤次郎と日高信義の二人は見物に出かけた。

これといった目的があったわけではないが、あわよくば、岡野の顔くらいは拝めるかもしれない。

「いや、こりゃ、ひどい人出じゃな」

小川町から八百屋町に入ったあたりから、人込みが目立ちはじめ、先のほうではひとの流れが淀んでいる。

炉粕町のところで、役人が通行制限をしているようだ。

「みんな、右へと曲がっていくようですが」

藤次郎が言うと、

「うん。どこか、見物の場所があるのだろうよ。それにしても、暇な連中だ」

日高は、自分たちのことは棚に上げて言う。

なにしろ年に一度、江戸へと戻っていく長崎奉行の行列は、十万石の大名行列に匹敵する、と言われている。

参勤交代の大名行列を見る機会のない長崎市民にとっては、恰好の見物材料であったのだろう。

長崎の町を通る道は、通り筋町が幅四間（七・二メートル）、脇町の幅は三間（五・四メートル）で、溝幅が一尺五寸（五〇センチメートル）に統一されている。

これは十二年前の寛文三年に大火があって、長崎外町、内町の、ほぼ全域が燃え落ちたのちに、道路を整理したためである。

その四間幅の道を、ぞろぞろ流れる人波に身を投じてついていくと――。

「おや。二手に分かれるようじゃの」

先のほうで北に向かう一団と、逆方向に進む一団とがある。

「ははあ、北は、諏訪神社でございましょう」

「なるほどな。ひな壇よろしく、ということか」

諏訪神社は、古くより祀られていた諏訪、森崎、住吉の三社を合祀して、慶安元年

（一六四八）に遷座したもので、豪壮な拝殿のある境内まで、百九十三段もの石段を上らねばならない。

ちなみに、毎年九月九日の重陽の節句にあわせておこなわれる例祭は、くんち、と呼ばれる独特なもので、これは九日《くんち》を意味している。

それはともかく――。

藤次郎たちも諏訪神社のほうへ向かおうとすると、ひとの流れに逆行してくる者もいくらかいて、そのうちの一人が知り合いにでも出会ったらしく、

「いけん、いけん。石段ば、もう鈴なりたい。伊勢さんば、行くがよかったい」

それを聞いて藤次郎は、日高と顔を見合わせ、互いに無言でうなずくと、まわれ右をしてその男についていくことにした。

「伊勢さんというと、あの伊勢大神宮のことでしょうか」

「そうらしいな」

高麗町の中島川端にある伊勢大神宮は、伊勢外宮から勧請《かんじよう》したもので、のちに新高麗町が伊勢町と名を変えるのは、そんなわけである。

「なるほどな」

日高は、ひとり納得したように独りごちたが、その意味は、藤次郎にもわかった。

二十日前、藤次郎たちが雨の中を長崎に入ったのが、そのあたりだった。

つまりは長崎街道に通じるところで、岡野の行列は、必ずそこを通るはずであった。

しかし、すでに伊勢大神宮の境内も、ひとであふれている。

先ほどの男が連れに、桜馬場か蛍茶屋あたりまで行こう、と言っている。

よい道案内ができたとばかり、藤次郎と日高は、そのあとをついていくことにした。

ところで、この二人――。

ここのところ、唐通事にかかりきりであった。

なお、オランダ通詞に対して唐通事とするのは、両者の区別のためである。

一口に唐通事といっても、訳司九家といって、本通事と呼ばれる大通事《おおつうじ》四家に、小《こ》通事《つうじ》五家があって世襲制であった。

これら九家は先にも述べた明の遺民の後裔で、一世のころは唐姓であったが、二世以降は頴川《えがわ》、彭城《さかき》、鉅鹿《おおが》などと祖籍にちなんだ日本姓を名乗り、髪形も衣装も日本人に同化している。

これら九家は分家もあって、稽古通事と呼ばれる見習も含めると、この時期、およそ六十人を超えるそうだ。

この大通事、小通事は長崎奉行の配下にあるが、それとは別に、長崎奉行の支配を受けない内通事と呼ばれる通訳もいて、商取引の斡旋にあたる。

泉屋の長十郎によれば、三年前に内通事として公認された者は百六十八人、うち七人を小頭として、稽古通事や小通事への道を開いているそうだ。

いずれにせよ、芫青は唐人相手の抜け荷、と藤次郎たちは睨んでいる。

しかも、この長崎において、そのようなことが可能なのは、長崎代官の末次平蔵くらいなものであろう、とも思っている。

なにしろ末次家は、官営貿易になる三年前までは自ら船を仕立て、今は、幕府に命じられて五年前に建造させた唐船造りの船で、唐との貿易をおこなっている。

さらには、幕閣中枢や諸大名との間に緊密な繋がりさえ持っていそうな気配なのだ。

とすると、藤次郎たちが近づくべき唐通事は、末次家に近い内通事と的が絞られる。

しかし、短兵急な行動は相手に怪しまれる。

そろそろと調べて、じっくりかかる必要があった。

桜馬場は、かつてこの一帯を支配していた長崎氏の馬場があったところからついた名のようだが、藤次郎たちが見たところ、馬場らしいものは見当たらない。

かわりに天満宮があって、これは桜馬場天満宮という。

オランダ商館長が江戸参府の際には、この天満宮の境内に一行が勢揃いしてから送り出される、というところで、オランダ人の出立所、などとも呼ばれているらしい。

「ここが、よか」

藤次郎たちが、ついてきた男たちが言う。

日高もうなずき、ここで長崎奉行の行列を待つことにした。

道の向こうの林から、キョッ、キョッ、と甲高い鳥の鳴き声が聞こえる。アオゲラのようだ。

藤次郎は鳥影を探したが、この鳥を見つけることは、なかなかにむずかしい。

まだ子供時代のころ、藤次郎は故郷の熊野神社《おくまのさん》の林で、木を突《つつ》いているのを見たことがある。

やや青みがかった身体に、後頭部と顎のあたりの赤色が印象的だった。

それで樹間に赤色を求め、見つけた！　と思ったら、それは真っ赤に色づいたカラスウリの実だったりした。

「ややっ！」

思わず藤次郎が発した声に、

「どうした」

日高が問いかけてきたが、周囲の人人も、なにごとかと藤次郎を見ている。

そこで藤次郎は、

「ちょっと、こちらへ……」

少し離れた場所へ日高を引っ張っていってから、

「清瀬拓蔵が、きます」

「なに、清瀬……」

一瞬、日高はその名に首をかしげたが、

「えっ、なんじゃと。あの、大坂にいるはずの清瀬か」

それは大和郡山藩徒目付の子息で、例の源三郎を見張り、原田から芫青を受け取ったのちは、ひそかに討ち殺して毒を奪い取れ、と命じてきた密偵たちの一人である。

「はい」

言いながらも藤次郎は、東に延びる道の先に視線を投げた。

こちらに向かってくる若侍は、先ほどは一町ばかりの距離だったのが、今は半町に縮まって、まぎれなく清瀬拓蔵であった。

ことのほかに多い人群れに驚いた様子で、きょろきょろしながらやってくるのに、

「おい、ちょいと隠れよう」

「は？」

日高が言うのを訝った藤次郎だが、

（人目に立ってはまずいか……）

これだけの群衆があれば、どこにどんな人物がいるかはわからない。

長崎では新顔の日高と藤次郎は、町人のなりをして、身分をくらまそうとしているのに、そこに若侍に駆け寄られでもすれば、怪しまれることにもなりかねない。

二人して天満宮の鳥居の陰に入ると、

「藤次郎、あやつを目立たぬように［玉屋］に連れ込めるか」

「もちろん」

「よし、頼んだ。わしも、すぐ行く」

もう、行列見物どころではなかった。

4

半刻後、藤次郎は寄留先の［玉屋］に戻った。

いつもどおりに店表は使わず、横露地の木戸口から入る。

いわゆる勝手口で、すぐ店の台所に通ずるところだ。

途中、清瀬拓蔵に声をかけ、少し離れて自分についてくるようにと指示をしておいた。

待つほどもなく、清瀬が姿を現わした。

「すまぬな。用心のためだ」

藤次郎が言うと、

「いえ。それにしても驚きました。きょうは、祭か、なんぞで」

やはり、あの人出には驚いたらしい。

藤次郎が事情を説明すると、清瀬は大きくうなずいて、

「そうでございましたか。いえ、偶然とはいえ、見つけていただいて、よう、ございました。長崎に着いたものの、どうやって落合さまや日高さまを捜せばよいかと思っておりましたので」

「それはそうだな。どうするつもりだったんだ」

浦五島町の［玉屋］に寄留していることは、すでに江戸の都筑家老には文を出していたが、時間的に見て、それを清瀬が知っていたとは思えない。

「はあ、長崎へは秋月藩の船でと聞いておりましたので、福岡藩の長崎屋敷あたりを訪ねるつもりでおりました。それでわからねば、長崎奉行所あたりを張り込もうと

……」

「そうか。いずれにしても、会えてよかった。ま、詳しい話は部屋で聞こう。まもなく、日高さまも戻ってくる」

藤次郎たちにあてがわれている、二階の八畳間へと清瀬を案内した。

待つほどもなく、日高も部屋に入ってきた。

清瀬がさっそく話しだした。

「実は、日高さま、落合さまが大坂を発たれたあと、日高さま宛に都筑御家老より書状が届きました」

言って清瀬は、荷物のなかから二通の書状を引っ張り出し、そのうちの一通を畳に滑らせた。

「これでございます。そののち、再び御家老より、今度は急ぎ飛脚で書状が届き、これを大急ぎで長崎に届けよとのことにて」

もう一通が畳の書状に重ねられた。

「そうか。それはご苦労であったな」

日高は、二通の書状を取り上げながら、

「しかし……、源三郎のほうは大丈夫なのか」

「はい。その点に抜かりはございません。やはり御家老の指示で、国表より、我が父を含めた四名の応援が駆けつけて、万事遺漏なく取りはからっております」

「ふむ、それなら安心だが……」

言いつつ、日高は一通目の書状に目を走らせながら、

「ほほう。藤次郎、こいつは勘兵衛どのからの、おぬしへの連絡だ」

「兄上から、でございますか」

「うむ、なになに……。ふうむ、勘兵衛どのは江戸の薬種問屋にて、長崎商館の仕分け控を見る機会があり、芫青の記録を調べたところ、芫青が長崎に入った形跡は、過去に一度もないというぞ」

言って、書状を藤次郎に渡しながら、

「いや、ありがたいことだ。これで、これまでの芫青も抜け荷の品であったことが、はっきりとしたわ」

「そういうことに、なりましょうな」

受け取った書状を藤次郎が眺めると、なるほど兄の勘兵衛が、江戸の都筑家老を訪ねてきて、以下の点を大坂の落合藤次郎に連絡してほしいと言ってきた、というようなことが書かれていた。

藤次郎が書状を読んでいる間にも、日高は二通目の書状に目を走らせて、大きく
「うーむ」と唸った。

「なにが書いてございますか」

「おう、こちらは、越前大野藩の江戸留守居、松田与左衛門どのからの情報だ。どういう筋からの情報かはわからぬが、あの原田が長崎奉行から受け取ったのは、芫青だけではなく、もうひとつ、阿片という品物も含まれていたらしい」

「阿片……」

「はて、どういう品かはわからぬが、御家老は、阿片はジャワやバタビアあたりから入るはずのものゆえ、それも頭に入れて探索を続けよ、とのご下命じゃ」

「ジャワ、バタビアでございますか」

バタビア（ジャカルタ）というと、オランダ東インド会社の本拠地だと聞いた。

三本マストのオランダ船は、バタビアを出港し、現在のバンカ海峡、台湾海峡を通過して長崎の野母崎をめざしてやってくるのである。

（すると……）

唐船ではないのか、と藤次郎はわけがわからなくなった。

それでは、唐通事を探っても、なんにもならぬではないか、と首をひねっている藤

次郎に、

「拙者、御家老さまより、日高さま、落合さまの手助けをせよ、とのご下命をいただいてまいりました。ぜひ、よろしくお願い申し上げます」

清瀬が、堅苦しく挨拶をする。

「お、そうか。いや、こちらこそ、よろしく頼むぞ」

挨拶を返したが、藤次郎の頭のなかは、新たに湧いて出た矛盾のことでいっぱいであった。

矛盾というより、てっきり唐船による抜け荷と考えたのが、見込みちがいであったのか……。

その疑問を口にした藤次郎に日高は、

「ふむ。なるほどバタビアからの荷だとすれば、おまえの言うように、オランダ船ということになるが、これがジャワからとなると、ふうむ、やはり唐船ではないかのう」

自信がなさそうに言ったのち、

「こりゃ、やはり長十郎に尋ねねば、どうもはっきりせん。ちょうど、よい。清瀬もきたことだし、挨拶を兼ねて尋ねてみようぞ」

「ああ、それがよろしゅうございましょうな」

ということになった。

さて、その日も夜になって——。

当の長十郎が、店じまいを終えたのちに［玉屋］の部屋を訪ねてきた。

藤次郎たちが寄留する八畳間は独立した客間であったが、廊下を隔てた六畳間二つは、［玉屋］店主夫婦と家族の寝室で、住み込みの使用人は一階の使用人部屋にいた。

用心のため、藤次郎は小さく襖を開けて、廊下の右左を確かめたうえで、日高に異常なしを伝えた。

さっそく日高が、質問をはじめたのだが、

「はて、あへん……でごわりまっか。とんと聞いたことのない名やけれど、それはいったい、どないなもんで」

「いや、それがよくわからぬので困っておる。ただ、ジャワ、バタビアあたりから入るものらしい」

「なんやら、赤児のしょんべんだんな」

「なんじゃ、その、赤児のしょんべん、というのは」

「あ、ご存じおまへんか。浪花のシャレでんがな。赤児《ややこ》がシィしますさかいに、ややこしい、ちゅうあんばいで」

「それこそ、ややこしい折に、ややこしいシャレを言うでない」

「あ、えらい、すんまへん」

「いやいや。別に怒っとるわけではない。では、芫青というのはどうじゃ」

「げんせい……」

再び、長十郎は首をひねっていたが、

「ええと、義兄上《あにうえ》……、いや、日高さま？」

「なんじゃ」

問い返した日高の横では、清瀬拓蔵が首をかしげていた。

長十郎の姉が、日高の妾であったことを聞かされていた藤次郎にはわかるが、清瀬にはなぜ長十郎が日高のことを義兄上と呼ぶのか不思議であったのだろう。

「皆さまが、揃って長崎においでなさったわけまで、詳しゅうに知ろうとは思いまへんけど、察しますに、抜け荷のお調べやないかいなあ、と……」

「ううむ……」

日高は、うなったあと、

「他言は無用ぞ」

暗黙に認めた。

「羽織の紐《ひぼ》……いえ、いえ、承知しとりますがな。で、その抜け荷の品ちゅうんが、その……、あへん、に、げんせい、ちゅうことでっしゃろか」

日高は無言で、うなずいた。

「では、その品でござりますけど、いつごろ、この長崎に入ってきたか……なんぞの目星は、ついてはりまっか」

「うん。そのことだが、この八月……、いや……」

天井を睨んで、なにごとか考え、

「七月くらいには、入ったかもしれぬ」

と、答えた。

藤次郎も、思考を凝らしてみた。

大和郡山にある刺客の巣窟、〈椎の屋形〉から源三郎が大坂に出た、との情報が江戸の藤次郎たちに届き、次いで大和郡山支藩、江戸屋敷奏者役の原田九郎左衛門が、長崎に向かった日が八月二十六日であった。

その報に接して、藤次郎と日高もあわただしく江戸を旅立ったのである。

長崎に荷が届き、それを長崎から各所に報せ、といった段取りを考えたとき、なるほど日高が答えたように、荷は七月に入った可能性がある。

長十郎は、しばらく考え、やがて、なにか大きなものでも飲み下したように、一段と声をひそめて、こう言った。

「もしかして、長崎代官をお疑いでおまっか」

「なにゆえ、そう思う」

「へぇ。これまでに、いろいろとお尋ねの向きを聞くうちに、なんとのう」

「ふむ。もし、そうなら、どうなのだ」

日高の返事は藤次郎に、なにやら狡《ずる》いぞ、と思わせるものである。

「ええっと……」

対して長十郎は、首を傾け右左と、さかんに考え込んでいる。なにやら、葛藤がある模様だ。

だが、やがて、首を上げた。

「これからいたします話、いかなる事態に相成りましょうとも、わたしから出た話、いや［泉屋］から出た話などと、どなたさまにも申さぬ、とお誓いくださいましょうか」

すっかりことばつきまで変わり、真剣そのものの口調になった。

「もちろんじゃ、他言はせぬ。わしを信じろ」

即座に、日高は答えた。

これまでになく真剣な長十郎に、思わず期待した藤次郎にまで、長十郎が視線を向けてきたので、

「お誓い申す」

藤次郎が答えると、

「お誓い申す」

まだ、ほとんど事情が飲み込めていないはずの清瀬までが口を揃えた。

長十郎はうなずいた。

そして――。

「実は、末次平蔵めには、これまで、さんざんに煮え湯を飲まされ続けておりましたんやが、というて、この町で永らく培《つちこ》うてきた力は、とても、あなどれまへん。あやつの悪事を耳にすることは、わてだけではのうて、ほかの商人かてありまっしゃろ。それでも、誰もそれを訴え出たり、密告をせえへんのは、そんなことをしたら、逆に、こっちの身が危のうなりますからや。そこのところを、ひとつ、十分に、気に留めておいてほしいんだす」

「重重わかった。決して、おまえから聞いたなどとは、たとえ、我が殿にでも申さぬ。落合、清瀬、そなたらも同様ぞ」

これにも、二人してうなずいた。

5

日高信義、落合藤次郎、清瀬拓蔵の三人が、長崎を離れたのは、その翌日のことである。

まさに急展開……大きな土産話があった。

「わしゃ、もう年ゆえ足手まといになろう。おまえらは、一刻も早く江戸へ戻って、土産を江戸の都筑さまと、それから勘兵衛どのに渡してくれい」

昨日の桜馬場のところまできて、日高が言った。

「承知いたしました。日高さまは、どうぞごゆっくり、道中、お気をつけられてください」

言って、藤次郎は速足になった。

清瀬も、ぴったりついてくる。

「清瀬さんは、江戸は初めてですか」

「はい。いずれはこの目で見てみたいものと思っておりましたが、思いがけず……。やはり、広うございますか」

「うむ。大坂も賑やかだが、江戸は、ひと味も二味も違う。というても、俺も、まだ、よく知らんところが多いのだ。無事に土産をお渡ししたあとは、案内して進ぜるよ」

「よろしくお願い申す」

　このとき、落合藤次郎は十七歳、清瀬拓蔵は十八歳、二人の若者は、この長崎から、まっしぐらに江戸をめざしていた。


　同じころ江戸では――。

　中二日をおいて、［冬瓜の次郎吉］とその手下たちが、弓師や矢師への聞き込みを再開しようとしていた。

　集まった手下の為五郎、善次郎、藤吉の三人に聞き込み先の割り振りをしたあと、次郎吉は――。

「いいかい。弓師や矢師というのは職人にはちげぇねぇが、元はお武家という血筋も多い。それだけ誇りも高くて偏屈者も多い。そういったのから話を聞こうってんだから、根気が必要だ。根を詰める仕事だから、まちがえても手仕事ちゅうに、あれこれ話しかけちゃならねぇ。うるさがられて、適当な返事しか返っちゃこねぇからな。骨は折れようが、じっくりと手が空くのを待ってから、聞くようにしてくれよ」

心構えを説いたあと、つけくわえた。

「それから、一応、二日は空けたが、目当ての林田久次郎って野郎が、俺たちの聞き込みが終わったあとにやってくる、ってぇことも考えられる。そこで、もし、それらしいのが現われたら、ご面倒でも上野町《うえのまち》の［堀越屋］までお知らせください、と頼んでおくのを忘れるな」

［堀越屋］は弓具問屋で、ここと取引のない江戸の弓師や矢師はいないはずであった。次郎吉は、きのうのうちに［堀越屋］へ出向き、そのような連絡が入れば直ちに知らせてくれるようにと、話をつけている。

「それと、もうひとつ。この聞き込みは火盗の御用である、と、最初に言うのも忘れるんじゃねぇぞ」

町奉行所とはちがい、火盗改めは江戸市民から恐れられている。

火盗改めの御用と聞けば、相手も真剣に答えるはずであった。

「よし、じゃ、頼んだぜ。日暮れを過ぎたら、例の［武蔵屋］で集まろうぜ」

話をすませて、それぞれに聞き込みに出た。

次郎吉が住む四ッ谷塩町からほど近い、四ッ谷御門外にも矢師の家はある。

次郎吉は、そこから聞き込みをはじめていた。

四ッ谷伝馬町に工房を構える斉藤忠兵衛《さいとうちゅうべえ》と、市ヶ谷七軒町の斉藤弥五郎《やごろう》は、ともに麴町三丁目の矢師、斉藤猪兵衛《いへえ》の分家筋であった。

次郎吉はきょう、四ッ谷御門外から麴町、赤坂とまわって、できれば京橋あたりまで足を伸ばしたいものだと考えている。


次郎吉が四ッ谷御門外での聞き込みを終え、外堀を渡って麴町通りを東へ向かっているころ——。

筋違橋御門外の広小路は、この広場から上野、日本橋、浅草橋、小川町、両国、本郷台、小石川台および駿河台と、八つの方面に道が通じているので八ッ小路、あるいは八辻ヶ原などとも呼ばれている。

いつも人通りの絶えないところだから、広場には掛け茶屋や露店や大道芸人が出て、盛り場のひとつにもなっていた。

そんな掛け茶屋の一軒に、五平《ごへい》の店がある。

五平は茶の振り売りを稼業としていたが、三年前に一念発起して、この地で掛け茶屋をはじめた。

上の娘が十五歳、下の娘が十三歳、ともに人並み以上の容貌だったのが、掛け茶屋を開こうと思い立ったきっかけだ。

こうして父娘で営業する掛け茶屋は、大繁盛とはいかぬまでも、以前より暮らし向きは楽になった。

そんな五平の茶屋に、あまり人相のよくない三人が、雁首を揃えて通行人を眺めている。

きょうにはじまったことではなかった。

三人連れは、五ツ半（午前九時）ごろに掛け茶屋が開くのを待ちかねたように入ってきて、日暮れて店じまいをするまで茶屋でねばっている。

それがもう、二十日以上も続いている。

茶屋にすれば迷惑この上もないのだが、追い出しにかかれない事情があった。

男たちが日傭座支配の、安井長兵衛のところの子分たちであったからだ。

寺社内に出す掛け茶屋とは違い、こうした市中に出す露店や掛け茶屋は、この当時、振り売り同様に日傭座に札役銭を払い、日傭札と呼ぶ鑑札をもらわねば営業ができないのである。

「おい、八公《はちこう》、ちょっと小腹が空いてきた。おめぇ［桔梗屋］に行って、〈萬歳《まんざい》餅〉でも買ってきねぇ」

兄貴分らしい男が言うと、八公と呼ばれた男が［桔梗屋］に走った。

ここからほど近い須田町に［桔梗屋］はある。

「それにしても、親分のひつこさにもまいるぜ」

兄貴分が愚痴めいて言うと、もう一人が、

「いやあ、まったく。それよりおいらは、男のどこがいいんだかがわからねェ」

「その道ばっかりはなあ……。それにしてもよ。いつまで、こんなことが続くんだろう。俺が思うに、林田の野郎は、もうとっくに江戸を離れていると思うんだが……」

「おいらもそう思いますぜ。こんなところで見張ってたって、どうせ無駄ですぜ」

五平の茶屋も迷惑だろうが、男たちも、どうやら飽き飽きしているようだ。

江戸の各所に散らばる、こういった広小路などの要所要所に、色子に逃げられた安井長兵衛は子分たちを配して、血眼《ちまなこ》になって林田久次郎を探させている。

「無駄といえば、また親分は新しい用心棒を雇いはじめたが、あれこそ無駄というもんだ。あんなに弱けりゃ、話にもならねぇ」

「というより、ありゃあ、ええっと、そう落合勘兵衛だったか、あっちが強すぎたんじゃねぇんですか」

「おいらは見たわけじゃねぇが、あっという間に三人ともやられたっていうから、そうかもしれねえな」

そんな会話をしているところに、八公が戻ってきた。

「なんでぇ八公、手ぶらじゃねぇか。餅はどうしたい」

「そうじゃねぇんで。その［桔梗屋］に入ろうとしたら、その隣りの、ええっと［上総屋］ってぇ店に、あやつがいたんだ」

「なんだと。あやつって、まさか……」

「そのまさか、なんで」

思わず男たちは立ち上がり、

「おめぇ、面《つら》ァ見られたか」

「いや。大丈夫……だと思いやすが」

「とにかく、行こうぜ」

色めき立って三人の男たちが動きだした。

筋違御門の南に丹波篠山藩の大名屋敷があり、その東の角から道は二分している。

辻番所のところから西へと延びていく道は小川町へ、木戸門をくぐって南に延びる道は日本橋通町筋で、須田町はその入り口にあたる。

「あの店かい」

木戸門をくぐったところで兄貴分の男は、道の傍らに身を寄せて八公に尋ねた。

囁くような声である。

「へえ、［桔梗屋］の手前の店でさ」

「あれか」

凝らした男の目に、［上総屋］の軒看板と、足形の吊るし看板が飛び込んできた。

それは足袋屋の標《しるし》である。

かつて、この目抜き通りには、華麗な三階建ての商家なども建ち並んでいたが、明暦の大火以降は町並みを一転させた。

防火上の理由から、二階建てまでの建築規制がかけられ、さらには道路に面して一間（一・八メートル）の庇《ひさし》を取りつけねばならなくなった。

これは火災のとき、消火活動のため庇から梯子をかけて、大屋根に上りやすくするためのものだった。

「ちょっと待ってな」

兄貴分の男は、機敏な足どりで六丈（約一八メートル）ある道幅を横切ると、庇下通路をゆっくりと歩いて［上総屋］のところで止まり、亀の子のように首だけ突き出して店内の様子を窺った。

さまざまな足袋や、股引であふれているところを見ると、足袋股引問屋であるようだ。

何人かの客たちが、見世に腰かけ、手代たちが出した商品の品定めをしている。

そんななかに、二人連れの武士がいた。

〈タカジョウ〉と呼ばれる刺《さし》足袋《たび》を選んでいるようだ。

これは鷹匠が使う地下足袋なので、この名がある。

（あいつか……）

あいにく二人とも、身体をねじ曲げるようにして商品を見ているため、面体までは見えない。

だが、一人のなよっとした横座りの身体つきには見覚えがあった。

（おっ！）

その武士が、ひょいとこちらを向いたので、男はあわてて首を引っ込めた。

（まちげぇねえ）

林田久次郎だった。

少しののち——。

菅笠をつけた二人の武士が［上総屋］から出てきて、三人の男たちが身をひそめているほうへやってきた。

背中でそれをやり過ごしたのちに、

「ドジを踏むんじゃねえぞ」

兄貴分の男に残りはうなずいて、あとをつけはじめた。

6

麹町三丁目谷側の［さいとう］という屋号の矢師に聞き込みをかけたあと、次郎吉は江戸城外廓の武家地を、天神前、元山王、三軒家と通り抜けていった。

やがて霞の関（のちの霞ヶ関）も過ぎて外桜田に入ると、周囲には大小の大名屋敷がひしめく。

路上前方に這う次郎吉の影が、長く伸びている。その分、日が西に傾いたということだった。

山下御門を出て堀端に沿って歩くと、すぐ目前に数寄屋橋御門が見えてくる。数寄屋橋御門というと筆者など、すぐに南町奉行所を連想するが、この当時、南町奉行所は、ずっとずっと北の呉服橋御門内にあった。

こののち町奉行所は、南北の町奉行所のほかに中町奉行所ができたり、移転したり廃されたりして、大岡越前守が就任した北町奉行が、ある日突然に建物ごと南町奉行と名が変わったりと、ややこしいかぎりであるが、それは、この物語とは関係ない。

最終的に南町奉行所となる場所には、このころ信濃飯田藩の大名屋敷があった。もう少し余計な筆を進めれば、数寄屋橋御門外の広い火除け地は〈有楽原《うらくはら》〉と呼ばれている。

謂われは、織田信長の弟で、淀君の叔父であった織田有楽斎の屋敷があったあたりだからで、現在の有楽町の地名も、これにちなんでいる。

さて次郎吉は、この有楽原から南東に延びる道を進み、二筋目を左折した。新両替町よりひと筋、城寄りの道である。

二つめの四つ辻あたりからはじまる弓町の名は、徳川家康が入国のときに連れてきた弓矢師が住んでいたところに由来する。

だから町内には、弓師の家が多くあった。

次郎吉は、まず、

「ごめんよ」

声をかけてから、〈御弓師こすげ〉と書かれた腰高障子を開け、土間に入った。

広い作業場には、二十人からの職人が、竹を削ったり、火入れをしたり、くさびを打ったり、籐《とう》を巻きつけたりしており、壁ぎわに茶黒く油光りする弓竹が、ずらりと立てかけられているさまは壮観だ、
次郎吉の手控えでは、ここの親方は小菅藤一《こすげとういち》という名であった。

「へい。どちらさんで」

近間の職人がやってきて、怪訝そうな声で言う。

弓には縁のなさそうな次郎吉を、訝かしんでいる。

「手を取らせて、すまねぇな。俺は火盗改め与力、江坂鶴次郎さまの手の者で次郎吉というもんだが、親方の手が空いたときでいいから、少し話を聞かせていただきてぇんだ。そのことを、親方に伝えてくれねぇか」

「そういやぁ、何日か前にも、同じような口上でやってきた人がいたっけが」

「おう。そりゃあ、為五郎と名乗らなかったか」

「うん。たしか、そのような名だったな」

「それは、俺んところの若いもんでな。そのとき目当ての話にはありつけなかったが、あれからもう五日ばかりがたっている。その間に、的がここに飛び込んでこなかったかどうか、改めてそのことを、親方さんから聞きてぇのよ」

「わかった。まあ、そのあたりに腰かけて、待っていなせぇ」

職人は、そう言ったが、次郎吉は土間に立ったまま、職人の背を目で追った。

ずっと奥、なにやら由緒ありげな掛け軸を背に、胡座《あぐら》をかいて弓竹の目利きをしているらしい半白髪の男のところで、職人が片膝ついて話しかけている。

(あれが、親方らしい)

そう思った次郎吉に、半白髪の男がちらりと、こちらを見た。

ぺこんと頭を下げた次郎吉に、こっくりうなずいて、親方は立ち上がった。

次郎吉のところへやってきて、

「わしが小菅だが……」

「へい、お手をとらせて申し訳のないことで。あっしは……」

「いや、うちのから聞きました。それより、折良いところにこられましたな」

「と、言いやすと……」

「うん。そのことだ。それより、ま、おかけなさい」

「へい。じゃあ、おことばに甘えやして」

次郎吉は、小さく胸を高鳴らせながら、板間に腰かけた。

小菅の親方も座ると、さっそく言った。

「先日に、為五郎さんからお尋ねがあったのは、たしか、丹生兵吾という名のお侍でございましたな」

「いかにも、さようで」

「名は山田と名乗りましたが、一刻ばかり前に、二人連れの若いお侍がこられましてな。そのうちの一人が、為五郎さんから聞いていた人相と、そっくりでございましたよ。しかも、珍しい注文をなされましたな」

「珍しい……」

「はい。半弓でございますよ」

「えっ、そりゃあ」

「滅多にある注文ではございません。五尺の弓に、矢も五尺、あ、矢のほうは五十本をご注文で。こりゃあと、ぴんときましたね。すぐにお知らせをせねばと思いましたが、自身番に届けたものか、はて、と思っておったところに、ちょうど親分さんがこられた、というわけで」

「そいつは、ありがてぇ。いや、それにまちがいはございやせんでしょう。で、どこに住んでいるかは言いやしたでしょうか」

「いや、それは……。注文の品は取りにくるからと、半金を置いていかれましたもので」

「そうですか。いや、偽名を使ったくらいですから、そうでしょうよ。で、いつごろ取りにくると……」

「はい。一月半はかかると申し上げたのですが、お急ぎのご様子で。結局のところ、来月の十日に品をお引き渡しすることになりました」

「そんなにかかるもんですか」

「はい、はい。なにしろ青竹を伐り出してから、弓材に使えるようになるまでだって、十年以上は寝かせる必要がありましてな。それを削り出し張り合わせ、それらしい形にするのは二日ほどでできますが、型が落ち着くまでに三十日ほどいりますからね」

「そりゃあ、まあ、たいへんな手間暇でござんすね」

「まあ、半弓なので、多少の短縮はできましょうが」

「それはそれとして、もう一人の侍というのは、どんな感じのひとでしたか」

「同年配の若いお侍で、色白く、唇が赤い、若衆めいたお方でございましたな」

（ふむ、林田だ……）

いよいよまちがいはないぞと、次郎吉は確信した。

「すると、注文の半弓と矢を受け取りにくるのが十一月の十日ということになりやすが、それまでに顔を見せる、ということは考えられやせんか」

「さて、どうでしょう。進行の具合を確かめにきて、細かな注文をくわえる方は、けっこうおられますがね」

「そうですか」

次郎吉は、少し考えてから言った。

「親方、ちょっとばかり厚かましいお願いをしても、よろしゅうござんすかね」

「はて、どういったことでしょう」

しばらくのちに、次郎吉は［こすげ］を出た。

この成果を、さっそく落合勘兵衛に知らせようと、心も足も軽く、北に向かっている。

丹生兵吾が［こすげ］に半弓を受け取りにくるのは来月十日だそうだが、それまでに姿を現わさないともかぎらない。

それで［こすげ］の親方に、作業場の隅っこにでも、二人ほどの張り番を置かせてもらえないかと頼み込んで、許しをもらっている。

二つの惨劇

1

翌日のこと——。

一人の男が大坂・堺筋南端に長長と続く長町を南に進み、突き当たりを右に曲がった。

その右手前方に、こんもり樹木が生い茂る杜は、手前が今宮村の鎮守で広田神社、その先が大坂市民に〈えべっさん〉の名で親しまれる戎《えびす》大神宮であった。

その手前に、四つ辻がある。

今宮村札の辻とか、広田の辻、と呼ばれるところである。

男は、その辻を左に曲がり、さらに南下した。

南へ南へと延びる、道幅二間ほどのその道は、紀伊へと続く紀伊街道だが、住吉神社への参道として使う浪花っ子たちからは、住吉参道と呼ばれている。

ともあれ、男は今宮新家を抜け、天下茶屋村を抜け、さらに南へと足を伸ばしていく。

しかし、大坂・長町の旅籠を日の出とともに出発したその男の前後には、それぞれ商人に変装した合計八人もの密偵たちが、つかず離れずに尾行していた。

それを知ってか知らずか、男はただ黙黙と足を急がせていた。

男は、あの源三郎である。

手には荷物もなにも持たず、ちょいとそこまで、といった感じなのである。

その源三郎が滞在する旅籠に、昨日の夕刻になって予定より三日早く、原田九郎左衛門が姿を現わしたのを、渡辺啓馬《わたなべけいま》と松原兵之助《まつばらへいのすけ》の二人は見逃さなかった。

原田は短い時間で旅籠を出て、それから新町橋を渡って新町廓の門内に消えたところまでを見届けている。

――ふふ……長旅の垢でも落とすつもりであろうよ。

大和郡山本藩、徒目付の清瀬平蔵《へいぞう》が言って笑った。

平蔵は、都筑家老の指図で長崎に向かった清瀬拓蔵の父親で、渡辺、松原、狩屋《かりや》の父親たちも応援に駆けつけている。

――いよいよだ。抜かるでないぞ。

思えば先発組は、大坂で源三郎を見張りはじめて、すでに二ヶ月近くがたつ。

ようやく決着がつきそうだった。

源三郎が長滞在している旅籠には昨夜、狩屋の父子が泊まり込んで、動向に目を光らせていた。

大坂から大和郡山への道は、一般的には二つある。

ひとつは、暗越《くらがりごえ》と呼ばれる暗峠越《くらがりとうげ》えで、これが最短距離である。

もうひとつは竜田越えと呼ばれる道で、こちらは前者ほど険しい道ではないが、いずれにしても、どこかで生駒山地を越えねば大和には入られないのであった。

だが、源三郎が選んだ道は、そのいずれでもない。

「竹内街道か、それとも穴虫街道のいずれかな」

源三郎より二町（二〇〇㍍）ほど後方でしんがりを務めている狩屋父子のうち、父親のほうが言った。

「おそらく竹内街道のほうでございましょう。大坂へ出てくるときも、そちらを使いましたゆえ」

答えた敬之進《けいのしん》に、

「おう、そうか。ふむ、穴虫越えのほうが、襲撃には恰好の場所が多いのだがな」

父親が残念そうに言う。

竹内街道は、古市を通り竹内峠を越えて大和の當麻《たいま》へ出る街道なのに対して、穴虫峠を越える穴虫街道は難所も多く、寂れた古道であったからだろう。

余談ながら、いにしえより大和から大坂に通じる穴虫街道の、穴虫近辺の坂を大坂と呼び、これが大坂の地名の元といわれている。

「ま、いずれにしましても清瀬さまは、人通りさえ途切れれば、できるだけ早く斃《たお》してしまおうとお考えのようで……」

「おう。それに越したことはない。大和から遠ければ遠いほど、ことは顕《あら》われにくいからな。一気に包み込んで決着をつけよう」

できれば源三郎の死体も埋めるなり、水に沈めるなりして、殺されたなどと敵に知られぬのが肝要だ、とは、このところ、議論の末に出した結論であった。

長町の旅籠を出発してから、およそ一刻ほど、すでに小雪《しょうせつ》も過ぎた冬の陽が雲に隠れたころ、左方に広大な敷地を持つ摂津国の一の宮、住吉神社の社殿が見えてきた。

日ごろより参詣客で賑わうあたりだが、時刻もまだ五ツ（午前八時）前だから、通行人は数えるほどだ。

狩屋の父子は、ずっと前方の源三郎の背を睨みつけながら歩いているが、その左右には、［三文字屋］だの［伊丹屋］だの［昆布屋］だのと屋号を持つ、巨大な料理屋が軒を連ねている。

住吉新家というところで、もう少し時間も下れば、女奴《かよいおんな》と呼ばれる女たちが、参拝帰りの客たちを客引きして賑やかなことになる。

そのあたりから右手は広い松原で、海も近い。

住吉神社の鳥居のところから望む、西の出見浜《でみのはま》に立つ高灯籠は、鎌倉時代に作られた我が国最古の灯台であった。

と、そうこうするうちにも太鼓橋を渡り、もう少し先で大きな橋を渡る。

その橋の名は大和橋、大和川を渡った向こうは泉州堺である。

堺は、かつての環濠都市で、道は整然と碁盤の目のように通る。

桜ノ丁、綾ノ丁、錦ノ丁と変わらず南に進んでいた敬之進が、

「父上、やはり竹内街道のようですよ」

「お、そうなのか」

「はあ、この先の櫛屋丁というところには惣会所があって、そこを左に曲がると穴虫

街道に通じるのです」

「つまり源三郎は、そこを通り過ぎたということか」

「はい。となると、やつは大小路《おおしょうじ》通りを左に曲がるはず、そうとわかれば先まわりができますが……」

「そうか。ふうむ……」

敬之進の父が考えをこらした。

大小路通りとは、堺の町を南北に分けて、ほぼ中央部で東西に通る、ひときわ広い道のことだ。

「よし。わしはこのまま、しんがりを守る。おまえは先まわりして、清瀬さんらと合流せよ」

「はっ」

父のことばにうなずき敬之進は、手近の四つ辻を左折するなり、走りはじめた。

ちょうど、材木丁から車ノ丁にかかる辻を入ったのだが、あることに気づいて敬之進は、すぐに走るのをやめた。

というのも、すぐ先に堺奉行所や同心屋敷があったからで、走る姿を見とがめられてはならない、と考えたからだ。

じりじりした気分で、速足に奉行所横を通過して、妙国寺あたりから再び走りだした。

道はやがて、川に突き当たる。

川というより、堺の町はぐるりと濠で取り囲まれていて、中世の自治都市の名残りの濠であった。

敬之進はとっさの判断で、濠に架かる橋を駆け渡り、右折して全速力で駆けた。

大小路通りの手前で足をゆるめ、何食わぬ顔でちらりと右手を眺めると、すぐ近間に清瀬平蔵と馬場《ばば》春右衛門《はるえもん》が認められた。

2

清瀬と馬場は、源三郎が旅籠を出たときから先行している。

少し足をゆるめた敬之進に、二人が追いついてきた。

「いかがした。なにか、あったか」

清瀬が尋ねてくるのに、

「いえ。脇道を抜ければ、気づかれずに追い抜けるな、と考えまして」

これで源三郎の前方に三人、後方を五人で固めたことになる。

「そうか。いや、ちょうどよいところにきた。そろそろ仕掛けてやろうか、と考えておったところだ」

「そうですか」

敬之進が息を荒げたのは、走ったせいだけではなかった。

（いよいよぞ！）

若い血がたぎったのである。

「いま少し先に、仁徳帝の御陵が見えてこよう」

「は」

「そのもう少し先に、破《や》れ神社があったな」

「はい。たしか、百舌鳥《もず》神社でございます」

百舌鳥神社は奈良時代から続く古社であったが、応仁の乱で破壊され、さらには大坂夏の陣の戦火に焼かれ、今では土地の百姓衆が細ぼそとお詣りするくらいまでに寂れきっている。

ここに江戸幕府の庇護のもと、新たに八千坪の社域を得て、百舌鳥八幡宮として再建されるのは、これより六十年ほど先の享保年間になってからのことだ。

「うむ。そこに決めよう。おい、狩屋、おまえ一足先に神社まで行き、事に備えよ。馬場、おまえは、適当に源三郎をやり過ごし、後ろの連中にこのことを伝えよ」

「承知しました」

「狩屋、どこか源三郎を連れ込めそうな場所を見つけておけ。そこで、身をひそめるのだ。うん、目印がいるな。なにがよかろう……」

「では、小石を三角形に置いておきましょうか」

「それだと、ほかの通行人に蹴散らされるおそれがあるぞ。おう、そうじゃ」

清瀬は懐から懐紙を取り出し、それを小さく折りたたんでから敬之進に渡した。

「おまえが隠れる路傍に、石で押さえてこれを置け。それでわかろう」

「承知しました」

受け取った紙片を懐に狩屋敬之進は、さっそく足を速め、百舌鳥神社に向かった。

ここから先、道は幾多にも枝分かれをするが、要所要所に道教えの道標が立っていて、道を誤る懸念はない。

血気に逸《はや》って急ぐ敬之進は、やがて仁徳陵も過ぎ黒土村に入った。

道行く旅人の数もちらほら、周囲の田は冬のこととて人影もまばら、僅かに大根を育てる畑に農民の姿が見えるが、それも遠い。

やがて、左手に丘が迫ってきた。そこがちょうど百舌鳥神社の裏手にあたり、僅かにさらばえた土塀の跡や、頽れた石垣の残骸が道路脇に散らばっている。ぼうぼうに立ち枯れた野草や、茂った薮のなかに、昔は神社境内に通じていたらしい坂の入り口があった。

付近に群生する榊に隠れる前の道端に、敬之進は折りたたんだ紙片を置いて、その上に小石を重ねた。

あとは榊の裏で、息をひそめるように待った。

『日本書紀』によれば、この付近に仁徳天皇が立ち寄ったとき、一匹の鹿が飛び出し突然に死んだ。それで調べると、鹿の耳から一羽の百舌鳥が飛び立った。

それでこのあたりを百舌鳥耳原と称するようになったという。

棘のある榊の葉に悩まされながら、敬之進は懐を探り匕首《あいくち》を取り出し、鞘を払って懐に戻し、じっと息を殺した。

八人の密偵は、四組の商人の主従に化けていて、腰の大小はすべて大坂の寄留する寺へ預けてきている。

獲物は清瀬平蔵たちが腰にした道中差しが四本と、敬之進たちが懐に呑んだ匕首である。

やがて左方から足音が近づいてきた。

敬之進は、息を殺した。

茂る榊の葉の間から、清瀬の姿が見えた。

近づいてくる。目印の紙片に気づいたようで、清瀬は道の向こう側に身を寄せるとかがみ込んだ。

そして草鞋の紐を結び直すようなしぐさに入った。

すでに敬之進は、源三郎の姿も捉えていた。

怪しむふうもなく、懐手で近づいてくる。

敬之進の胸は高鳴った。

源三郎が清瀬と敬之進の間を通過しようとした、そのときだった。

無言のまま清瀬が立ち上がるなり、横ざまに源三郎を襲った。

きらりと冬の陽に、道中差しの白刃が光った。

「ぐぇ……」

奇妙な悲鳴をあげた源三郎に、敬之進も飛び出すなり匕首を突き立てた。

ずるずると倒れ込もうとする源三郎の身体を支えながら、

「ほれ、あの薮に引きずり込め」

「は」

右と左から刺された源三郎の帯に手をかけ、薮へと引きずる敬之進の目に、こちらへ殺到してくる六人の仲間たちの姿が入った。

「やったな」

一番に駆けつけた渡辺啓馬が、昂《たか》ぶった声を出す。

「皆は、人垣を作って幕を作れ」

清瀬は落ち着いた声を出し、まだ絶命せずに唸っている源三郎の腹を片膝で押さえ込み、人目を避けさせてから、

「おい、源三郎、聞こえるか」

その声に、源三郎はうっすらと目を開いた。

「原田から受け取ったものがあろう。素直にこちらに渡せばよし。さもなくば……」

みなまで言わずに清瀬が見下ろすと、源三郎は絞るようなかすれ声で答えた。

「ふ、懐の……印籠……」

聞くなり、敬之進は源三郎の懐に手を突っ込んだ。

ぬるりと血の感触がした。かまわず引きずり出したものは胴巻きである。

膨らんだ胴巻きのなかに、金と印籠があった。

「ありました」

「よし。では、楽にしてやるぞ」

清瀬は道中差しを縦に振りかぶり、源三郎の心臓めがけて突き立てた。

声もなく、源三郎は絶命した。

その間、ついに通行人は現われなかった。

「よし、とりあえずは、死体をこの先に運ぼう」

薮の先、荒れた坂道を見上げながら清瀬は言った。

「身許が割れぬよう、着衣は下帯にいたるまで剝いでから、人目につかぬところに埋めよう」

あるいは襟などに密書などの類《たぐい》を、縫い込んでいないともかぎらない。

それは、これまでに何度も打ち合わせていた手順であった。

3

河内国八上郡の百舌鳥で、そのような惨劇がおこなわれているころ、遠く離れた江戸郊外で——。

今朝方に浦和の宿を発った四人の武士が、中山道を南に下っていった。

一行は蕨《わらび》の宿場町を過ぎて一刻足らず、豊島郡の前野村というあたりを歩いていたが、

「おう」

一人が笠を上げ、はるか前方を見て声をあげた。

「見ろ七之丞、板橋の宿が見えてきたぞ」

その明るい声に、残りの三人が一様に笠を上げた。

「いや、懐かしい。一年と二ヶ月ぶりだ」

「そうでしょうね。利三さんは、江戸がずいぶんと長かったから」

「まあな。で、七之丞はどうなのだ」

「どうなのだ、と言われましても、わたしが江戸にいたのは、わずかに一年半ほどで、それに江戸を離れて、まだ三ヶ月ばかりでございますからな」

「ああ、それはそうだな」

そんな会話を交わしているのは二人とも、落合勘兵衛の幼馴染みの親友で、伊波利三と塩川七之丞であった。

越前大野藩の若君の小姓となった伊波利三は、やがて若君付きの小姓組頭となった

が、若君に疎《うと》まれ解任されて、一昨年の八月に江戸を離れて故郷に戻ったのである。

一方の塩川七之丞は学問好きで、次男という気軽さもあり江戸に遊学していたが、兄の急死で呼び戻されて、今年の七月に故郷に帰ったばかりであった。

その塩川が言う。

「まさか、こんなかたちで、こんなにも早く、江戸に出ることになるとは思いませんでしたよ」

「いや、同感だ」

伊波も大きくうなずいた。

その間、江戸表では若君の周囲で大きな動きがあった。

それがなんと、若君付家老であった小泉長蔵と、付小姓組頭の丹生新吾の二人が失踪したというのだ。

その後釜として選ばれたのが、伊波利三と塩川七之丞で、二十二歳の伊波が付家老、二十歳の塩川が小姓組頭として江戸へ赴任するところであったのである。

残る二人は、江戸へ出る伊波と塩川に、それぞれの家がつけた郎党であった。

「勘兵衛の仕業であろうと、もっぱらの噂だがな」

「はあ、なにしろ、あいつは無茶勘ですからね」

「ま、そういうことだ」

伊波と塩川は、明るい笑い声をあげた。

この二人、単に落合勘兵衛の親友というだけの関係ではない。伊波利三の実姉である滝《たき》は、塩川七之丞の兄である重兵衛に嫁いでいたので義兄弟にあたる。

やがて一行は、板橋の上宿に入った。

上宿、中宿、平尾宿と三つに分かれる板橋宿は、二十町九間（約二・二㌖）の長さがあって大小五十四軒の旅籠が軒を連ねている。

宿場の中心地は中宿で、高級旅籠や料理屋が並ぶ。

その中宿と平尾宿との境目に流れる川は石神井川《しゃくじい》だが、そこに架かる板橋が地名の由来となっていた。

そこから江戸日本橋までは、二里半――。

「ところで、つかぬことを尋ねるが……」

と、伊波。

「はい」

「以前にちらりと耳にしたのだが、園枝さんに縁談があったそうだな。たしか、小野《おの》

「はあ、そのような話はあったようですが……」

塩川の口が、少し重くなった。

園枝というのは塩川の妹で、十七歳になる。縁談の相手は郡奉行である小野口三郎《さぶろう》大夫《だゆう》の長男であった。

「ま、重兵衛さまに不幸があったばかりだから、なんだろうが、まとまりそうか」

「さて、どうでしょう。園枝は、どうも気が進まぬ様子でしたが……」

「ふうん」

実は塩川七之丞、今回、江戸に出るにあたっては、妹の園枝から直接に頼まれたことがある。

それを思うと、どうにも気が重いのであった。


さて、その日も夕暮れに近く――。

落合勘兵衛は、愛宕下の道をせかせかとした足どりで通りかかった。

松田与左衛門から使いがきて、故郷より伊波と塩川の到着を知らせてきたからだ。

少しでも早く、二人の顔が見たかった。

その勘兵衛のもとには昨日――。

次郎吉が、丹生兵吾と林田久次郎の情報を伝えにきた。

二人は、きのう、京橋南の弓町にある［こすげ］という弓師の許を訪れて、半弓の注文を出したそうだ。

誂えの半弓を丹生たちが取りにくるのは来月の十日というから、まだひと月以上も先だ。

そのときには跡をつけ、必ずや住処《すみか》を割り出してくる、と次郎吉は張り切っていた。

いずれにせよ、半弓ができあがるまでは襲ってくることもあるまい、と勘兵衛は思ったが、さて丹生一家と林田の住処を知ったとして、だからどうしたものか……と、まだ決断もつきかねている。

できうれば、無用な争いごとは避けたいものだが、はたして、そのように収められるかどうかの自信はなかった。

大野藩江戸屋敷に着いて、勘兵衛はしばらく松田与左衛門の役宅で待たされた。

松田の用人、新高陣八《じんぱち》によれば、松田は江戸に着いたばかりの伊波や塩川とともに、中奥で藩主の松平直良と、若君にご挨拶の最中であるという。

やがて松田が戻ってきた。

「きたか、勘兵衛」

「は」

「うん。いや、伊波利三と塩川七之丞の二人は、これから仙姫様へのご挨拶じゃ。今しばしはかかろうぞ」

仙姫は、直明の奥方で、若君より二歳下の十八歳であった。

「さようで、ございましたか」

「うん。そのあとも、今度は直明君といろいろと打ち合わせが残っておる」

「さようで」

「というのも、直明君の小姓は、今のところ皆無じゃからな。伊波らが候補を携《たずさ》えてきたので、それを早急に選ばねばならぬのじゃ」

「ははあ」

伊波と塩川が着いたと聞いて、とるものもとりあえず駆けつけたが、少しばかり早すぎたか、と勘兵衛は苦笑した。

「と、いうのもな……」

松田は話を続けた。

「つい先日に達しがあったのだが、直明君には、従四位下に叙せられることになったのじゃ」

「それは、めでたい話ではございませんか」

正式の昇格は例年、十二月の二十五、六日に江戸城にておこなわれるが、たとえば元旦の将軍の謁見で、従五位では大広間での集団謁見であるのが、従四位以上なら独礼といって、単独での謁見が許されるほどのちがいがある。

つまり直明は、いよいよ越前大野藩の嫡男と、幕府の御墨付を得たに等しい昇格であった。

「うん、だからよ……」

松田にとっても、それは嬉しい知らせであったらしく、上機嫌な声音であった。

「早急に、若君の付小姓を決めて江戸に呼び、そののちは若君を、再び高輪の下屋敷に戻さねばならぬ。いやはや、なんとも忙しいことじゃ」

「さようでございましたか」

すると、伊波や塩川も当分は多忙を極めるな、と勘兵衛は思った。

「ま、しかし、あまり時間はとれぬであろうが、おまえがきていることは、二人にも伝えておいた。せめて顔だけでも見ていけ」

「は、ありがとうございます」

「そうそう、それからな。父御どのからの手紙を伊波が預かってきたそうじゃ」

「さようで」

先月の半ば過ぎ、勘兵衛は父の孫兵衛に便りを送った。

それは丹生文左衛門、兵吾の父子が大野にいるかどうかを問い合わせたものであったが、おそらくはその返事であろうと思った。

しかし、それはもうわかっていることである。

「では、失礼をして……」

「おう。ゆっくりと読め」

手渡された封書を開くと、懐かしい父の筆跡があった。

まず、勘兵衛の問い合わせへの返事が書かれ、続いて、この度、目付役に就任したことが書かれ、さらにはこの度、伊波利三と塩川七之丞が出府するが、勘兵衛と三人が鼎《かなえ》となり、よく若君を支えて越前大野藩の将来を頼むと書かれ、最後に母も元気だ、一筆書かせろと言うので、筆を渡す、と結んであった。

そして――。

最後の最後に、母の流れるような筆跡があった。

そこには――。

勘兵衛や。無茶はなさいますな。からだをいとうて、すこやかに暮らせられませ。近ごろ塩川の園枝さまがこられて、いろいろお話をいたしました。まことに嬉しゅうございました。園枝さまが申しますには、そのこと、あにぎみの七之丞さまに託されるとか、くわしくは七之丞さまよりお聞きくださいますように。

母より。

(はて……?)

懐かしい母の手に、胸を熱くしながらも勘兵衛は――。

(園枝どのが……)

いや、勘兵衛の胸が熱くなったのは、そちらのほうであったかもしれない。

(なんであろう)

今も勘兵衛の、胸の奥底に住み続ける園枝が母に会いにきた、と知って、勘兵衛の胸は大きく騒ぐのであった。

「どうした。なにか気がかりなことでも書かれておるか」

勘兵衛の表情の変化を読んだか、松田が声をかけてきた。

「いえ……。父母ともに健勝らしゅうございます」

「そりゃ、そうじゃろう。塩川の話では、父御はすでに目付の任について、頑張っておられるそうな。おお、そうじゃ。塩川がな。故郷の里芋を土産に運んできたぞ。これぱっかりは、江戸ではお目にかかれぬ美味じゃ。さっそく蒸させておるからの、一緒に食おうぞ」

里芋は、越前大野の特産品であった。

「それは懐かしい。やはり里芋は、大野のものにかぎります」

勘兵衛は少し考えてから、ことばをつないだ。

「ええと、七之丞の兄上に、あのような不幸がございましたが、塩川の家に変わりはございませんか」

七之丞の父は大目付であるから、父にとっては上司にあたる。

そして――。

七之丞の兄である重兵衛は、目付格であった。

ところが重兵衛は、勘兵衛にとって天敵のような存在であった山路亥之助が、越前大野に潜伏していたのを発見して天竜川に斬り落としたのであるが、そのとき受けた刀傷のために命を落としている。

それで生じた欠員を埋めるかたちで、目付の御役がまわってきたようだ、と父の文には書かれていた。

「うん。ありゃあ気の毒なことであった。おかげで、伊波利三の姉は後家になったが、健気《けなげ》に遺児たちを育てているようじゃ。うん、そういえば、あの不幸で話が止まっておるようじゃが、塩川のところの末娘に縁談があったようじゃな」

「え……」

「うん。たしか園枝だったか、もう十七になるそうでな。郡奉行の小野口の伜にどうか、というような話があったらしいぞ」

えっ、と出かかる声を、勘兵衛は抑えた。

（そうか。園枝どのに……）

いつかは、そのような日がくると覚悟はしていたが、いざそうと知ると、勘兵衛の心はうちひしがれる思いであった。

やがて塩茹でした里芋が、笊《ざる》いっぱいに盛られて運ばれてきた。

食べやすいように、蔕《へた》から三分の一ばかりのところの皮が剝かれ、真っ白な肉には、ぱらりと胡麻塩が振られていた。

「おう、できたか。よしよし。ほれ、勘兵衛。ふるさとの味だ。食え食え」

言いながら松田は、さっそくつまみ、

「あち、あち、熱っ！」

掌《てのひら》の上で、お手玉のようにしている。

勘兵衛も手を伸ばした。

指で皮を押せば、つるりと飛び出してくるのをほおばる。

「…………」

美味であった。

しかし――。

なにやら、ほろ苦いものも嚙みしめている。

そんなときである。

新高陣八がやってきて、

「落合さま。倅の八次郎が火急の用だと、まいっております」

「はて。すぐ、まいります」

勘兵衛は松田に一礼して、部屋を出た。

4

松田の役宅の玄関先に、八次郎はいた。

「どうした」

「はい。へっついの五郎さんが見えられまして」

「五郎が……」

へっついの五郎は、政次郎の子分である。

「はい。なんでも林田久次郎の塒《ねぐら》を、例の安井長兵衛が突き止めたとかで、長兵衛は用心棒や子分を引き連れて、箔屋町を出て行ったと言うんですが」

「なんと！」

色子の林田に逃げられ、長兵衛がその行方を血眼《ちまなこ》になって探している、と聞いてはいたが、どうやら先を越されたらしい。

「で、行き先はわかるのか」

「はい。なんでも金杉村らしゅうございます」

「ふうむ」

金杉村といえば、丹生新吾が葬られている、あの浄閑寺から、ほど近い。

(まちがいは、あるまい……)

と勘兵衛は思った。

「いかが、なされますか。表に五郎さんを待たせておりますが」

「ふうむ」

どうすべきで、あろうか。

つい先ほどに読んだ、母からの——。

〈無茶はなさいますな〉の一文のこともあるが、つまるところこれは、日傭座支配とは名ばかりで、実体はやくざと変わらぬ男と色子の痴話喧嘩のようなものである。

(そんなところに、のこのこと……)

首を突っ込むこともあるまい、という気持ちが半ば、
一方——。

(丹生一家も、一緒であろうな)

となれば、激しい闘争になるかもしれない、とも予想される。

(えい、仕方がない)

「とりあえず出よう」

この性分ばかりは、自分でもどうにもならない勘兵衛だった。

「五郎さん、ご苦労だったな」

愛宕下、円福寺門前で待っていた五郎に声をかけると、

「へい。お供させていただきやす」

ぺこりと、五郎は頭を下げた。

すでに夜のとばりは下りて、中天には半月が輝いている。そろそろ六ツ半（午後七時）は過ぎていよう。

「しかし、金杉村といっても広いだろう」

「へい。根岸の時雨《しぐれ》の丘近くらしゅうございますぜ」

「時雨の丘……」

「へい。だいたいの見当はつきやす」

「そうか。では、とにかくまいろう」

ここから金杉村までとなると、足を急がせても一刻はかかろうな、と思い、勘兵衛は尋ねた。

「ところで長兵衛一家は、いつごろ出かけたかわかるかね」

「へい。七ツ（午後四時）過ぎだと聞きやしたが……。長兵衛のところに潜り込ませ

ているのは、忠吉《ちゅうきち》ってぇ飯炊きなんですが、ちょうど飯炊きにかかっていて、抜けるに抜けられず、連絡が遅れちまったようで」

もう一刻半（三時間）も前であった。

いずれにせよ、安井長兵衛のところの密偵は、まず政次郎にそれを知らせ、そこから猿江町の勘兵衛の町宿に知らせ、さらにまた愛宕下の江戸屋敷にと、手間がかかっている。

「となれば、途中ばったりと、戻ってくる安井長兵衛たちと出くわすことも考えねばならぬ。おい八次郎、よくよく注意を怠るな」

「あ、そういうことになりますね」

「そのときは、物陰に隠れてやり過ごすつもりだが、万一のときには、さっさと逃げろ。五郎さんもな」

「へい。君子危うきに近寄らず、ってえことで。合点、承知の介と言いてえところだが……」

「なんだ。やりあうつもりでいるのか」

「いえいえ、めっそうもありませんや」

「うん。あまり無茶はするな」

「へい」

五郎は素直にうなずいたが、

(しかし、そのとき林田たちが捕らえられているときには……)

どうするべきか、などと勘兵衛は考えている。

(出たとこ勝負だな)

そのときは、そのとき、と思うほかはない。

そして、ふっとおかしくなった。

幼少より無茶ばかりしでかして無茶勘と呼ばれ、それゆえ母からの文で〈無茶はなさいますな〉といまだに言われている自分が、先ほど五郎に〈あまり無茶はするな〉などと言ったことに気づいたからだ。

八次郎が尋ねている。

「時雨の丘というと、あの御行松《おぎょうまつ》があるところでしょう」

「へい。さいで。その昔、弘法大師が御行法をおこなったと伝わる、あの大松でさあ」

その後の説明によると、その大松は、江戸十八松のひとつに数えられ、時雨の松とも呼ばれる名所であったが、あまりに草深いところなので、今はすっかり寂れているという。

「五年ほど前に塾の仲間と行きましたときは、小川のほとりに、天を衝くような大きな松でありましたが、橋はぼろぼろだし、近くの不動堂もひどいありさまでございましたよ」

と、八次郎は言う。

なるほど丹生一家と林田は、その近くの農家か、その納屋でも借り受けたのだな、と勘兵衛は考え、ふと、新保龍興のことを思い出した。

亡き百笑火風斎の娘婿であった新保は、あのころ息子の龍平と、猿江村百姓家の古い納屋で暮らしていたからだ。

その新保も、近く松平直堅の家臣となるらしい。

(龍平も、元気であろうな)

そんなことを考えながら、あとは黙黙と歩を進める三人であった。

5

案じていたように長兵衛の一味と出くわすこともなく勘兵衛たちは、上野山下から屏風坂を上っていった。

ここまでくると、もう金杉村は近い。

五ツ（午後八時）どきはとっくに過ぎたが、上野山下あたりの提灯店あたりには、まだ遊客が多かった。

しかし、このあたりまでくると、人通りはぱたりと途絶えている。

空の半月の光だけが頼りだが、用心のため提灯に火は入れていない。

勘兵衛たちより、一刻半も早くに出発した長兵衛たちは、今ごろどうしているのか――。

（ふむ……）

おそらく長兵衛が、林田の隠れ家を突き止めたのは、昨日のことであろう、と勘兵衛は見当をつけていた。

それは昨夕の次郎吉からの報告で、そうと知れる。

昨日、丹生兵吾は林田の案内で、京橋南の弓町へ半弓の注文に出かけている。

そのとき、長兵衛の手の者に姿を見られ、跡をつけられたにちがいない。

すると、その隠れ家には林田一人ではなく、丹生文左衛門と兵吾の父子、それに文左衛門の妻と合計四人がいることも知ったはずだ。

それを知ったうえで、十分な人員と支度で出かけたと考えるのが妥当であった。

すると——。

予想されるのは、林田たちの隠れ家を遠巻きに見張り、寝込みを襲う、という手ではなかろうか。

そこまで考えてから勘兵衛は、八次郎と五郎の二人に、御行松近くになったならば、むやみに動きまわらずに様子を窺うのがよい、と注意を与えておいた。

「なるへそ。連中が、どこに潜んでやがるのかわからねぇんじゃ、仕方がねぇか。しかし、案外……」

言いかけた五郎の口が止まった。

「どうした、五郎さん。案外、なんだって言うんだ」

「いえ、その、別に……」

そのときになって、勘兵衛には、はじめから五郎の反応に、おかしなところがあったことに気づいた。

最初から、勘兵衛たちの供をすると決めていたし、長十郎と出くわしたときは逃げろ、と言ったときにもそうだった。

「まさか、五郎さん。政次郎親分たちもきておるのか」

「ありゃあ、ばれちまったか」

大して悪びれずに言う。

苦笑しながら勘兵衛は、

（まだまだ、俺は未熟だ……）

へっついの五郎を勘兵衛のところに使いに出すと同時に政次郎なら、勘兵衛の行動を読んでとるにちがいない動きは、最初から予測できることであったのだ。

「へい、こちらからが近うございやすぜ」

下谷坂本町から裏道へ案内する五郎に、

「待て。行く手がなにやら騒がしいぞ」

「そういやあ。もうはじまりやしたかね。それにしても、人だかりがすごいや」

「いや。ありゃ、火事ではないか」

五郎が案内した横道は上野山の北かげで、付近にかたまる集落は、寛永寺領の百姓町家であり、その先には美濃大垣の戸田相模守の下屋敷があった。

そのあたりに人だかりがあるのを見てとって、五郎は言ったのであろうが、勘兵衛の目は、それよりずっと右手奥の木立と木立の隙間から漏れる、わずかな火の色を見取っていた。

「しかし、それにしちゃあ、半鐘が鳴らねぇ」

「たしかに」

首をかしげた勘兵衛に、

「ちょっくら、話を聞いてきやしょう」

言う五郎に、

「いや。一緒にまいろう」

勘兵衛は言った。

そして――。

「お！」

目を瞠ったのは、戸田相模守の屋敷の辻番所のところに、政次郎の姿を見いだしたからだった。

「おう、落合さま、お待ちしておりました。どうも、妙なことになってしまいましてな」

「どう、いたしましたか」

「どこから話せばよいのやら。とにかく、わたしらが、ここへ駆けつけたときには……」

御行の松の東方に、西園寺《さいおんじ》という無住の破《や》れ寺が燃えていて、周囲には半鐘が鳴り響いていたそうな。

「しかも、火付盗賊改めの捕り物まであったというのです」

「なんと……」

「すでに捕り物も終わり、火付盗賊改めのご一行は、すぐそこの西念寺にご滞在と聞きまして、わたしは子分どもに火事場の手伝いを命じまして、西念寺を訪ねますと……」

火盗を指揮していたのは、与力の鷲尾平四郎で、一網打尽に捕らえられていたのは、安井長兵衛とその一味であったという。

「おう！」

それだけを聞いて、勘兵衛はおおよその事情を悟った。

丹生一家と林田は、廃寺となっていた西園寺を見つけ、そこに住みついていたのであろう。

それを知った安井長兵衛は、手勢を連れて襲うことにしたのだが、それは勘兵衛が考えていたように、林田を無理にも連れ戻そう、などといった生やさしい考えからではなかったのだ。

最初から、殺害しようと決めてかかっていたのである。

しかも、寝込みを襲うのではなく、破れ寺に火を放ち、驚いて飛び出してくるのを待ち受けて殺す、といった、なんとも乱暴きわまりない手段をとったのではないか。

一方、つねづね安井長兵衛の悪事の証拠を押さえようと、密偵を送り込んでいた火盗改め与力の鷲尾平四郎は、好機到来とばかりに捕り方たちと根岸へ急いだ。

すると襲撃どころか、破れ寺に火まで放っていた。

付け火は天下の大罪で、引き回しのうえ火あぶりにして、三日二晩を晒《さらし》にすることが決まっている。

(安井長兵衛の命運も尽きたな)

それにしても、あっけない幕切れである。

「ところで、林田たちは」

むざむざと殺されはしなかっただろうな、と思った勘兵衛だったが——。

「鷲尾さまが到着したとき、まだ一人は戦っていたようですが……」

声を落とした政次郎が、ことばを呑んだあと、

「結局は斬り伏せられて、つい先ほど息を引き取ったそうです。小太りの中年ということでしたが」

（丹生文左衛門だ……）

「で、残る三人は」

「なますに斬られて、すでに事切れておったそうで」

「なんと、ご妻女までがか」

（無惨な！）

激しい怒りが湧いてきた。

おそらくは火事に驚き、不用意に表に出て、たいした抵抗もできぬままに斬られたのではなかろうか。

こちらもまた、なんともあっけない幕切れであった。

「そうそう。鷲尾さまが、落合さまが来られたら、西念寺のほうへ顔を出してくれ、と申しておりました」

「わかりました」

その間に、火災のほうは鎮火したらしい。

政次郎の案内で、西念寺に向かいはじめた勘兵衛の目に、木間《このま》越しの火の色は消えていた。

水分《みくまり》塚

1

その日、勘兵衛は八次郎を連れて、入谷《いりや》に重太郎《じゅうたろう》という石工《いしく》を訪ねた。

このあたり一帯は坂本村だが、昔は千束池《せんぞくいけ》という大きな池があったそうだ。

それを百年ばかりも昔の天正のころ、池を埋め立てて田圃にした。入谷の地名は、そこからきたらしい。

本材木町あたりに多くある石問屋の近くでは、河岸の掘っ立て小屋のようなところで働く石工が目立つため、勘兵衛はそんなところを想像したのだが——。

およそ三百坪はあろうかという広い作業場の、いたるところに石材が積まれ、二十人近い石工が、とんてんかんてん、と灯籠やら、地蔵やら、石竈などを彫り出している。

　思った以上に、規模が大きい。

　手近の石工に勘兵衛は、

「重太郎親方はいるかね」

　と尋ねると、

「ああ、親方なら、あの藁葺き小屋のなかで菩薩さまを彫っていなさるはずだ」

「いや、すまぬな」

　礼を述べ、掘っ立て柱に雨露をしのぐ藁屋根を載せただけの、壁もなにもない小屋を覗くと、石鑿と鉄槌を手に菩薩を彫っている五十がらみの男がいた。

「お邪魔をいたす。重太郎親方であろうか」

「うん。俺が重太郎だが」

　武家がくるのは珍しいと見えて、重太郎は道具を置くと立ち上がり、頭の鉢巻も取った。

「実は、浄閑寺の住職の紹介でな。ひとつ、石塚を頼まれてほしいのだ」

「はあ、塚でござんすか」

「そうだ」

「塚といっても、さまざまですが、どのような塚をお望みでしょう」

「うん。そんなに大きいものはいらぬ。できれば自然の石がいいのだが」

「川原に転がっているような……？」

「そうそう。手頃なのはないかな」

「庭石にするようなものでよければ、ごらんになりますか」

「そうさせてくれるか」

重太郎の案内で行くと、奥まったところにひょろひょろと立つ楓の木の下に、ごろごろと川原石が転がっていた。

すでに楓は裸木となって、僅かに赤みを残す落葉が、石の上にも散り敷いていた。

「あまり高価なものでなくても、いいのだが……」

「ふうむ……」

親方は小さく首をひねったが、

「お好きなものを、お選びください。こう言っちゃなんだが、ここの石のほとんどは、うちの若い者が、腕を磨くために使うような代物だ。お代なんかいりませんぜ」

「いや。そういうわけにはいかぬ」

「いいんですよ。聞くところによりゃあ五日ばかり前に、根岸でお侍の一家が四人も殺されなすったという。どのようなわけがあったかは知らねぇが、なんとも気の毒な話じゃあございませんか」

「…………」

勘兵衛に、返事のしようはない。

この入谷から根岸は近い。

それで重太郎は、事件のことを知っていたようだ。

「ホトケは、たまたま近くに居合わせた、どこぞのお侍さまが引き取って、浄閑寺に埋葬されたと聞いておりやす。どなたさまかは存じませんが、お求めの塚は、供養のためのもんでしょう。だからお代なんかはいらねえ。手間賃だけでお引き受けいたしますぜ」

安井長兵衛一味が火盗改め与力の鷲尾に捕縛されたあと、検屍を終えた四つの遺骸は勘兵衛が引き取ることにした。

そのとき鷲尾は勘兵衛と政五郎に、

「安井長兵衛は人殺しのうえに、放火までして、もはや極刑を免れるはずもないが、この度の事件に、おぬしが関わっていたなどとなれば、さぞ迷惑であろう。そこんところはうまくやってやるから、あとは知らぬ顔をしておけ」

と言ったものだ。

だから重太郎親方の言は、鷲尾がそのような話を流してくれたのであろう、と思う。

鷲尾から引き取った丹生夫婦と子の兵吾、それから林田久次郎の遺体は、丹生新吾の眠る浄閑寺に運び込んでいる。

そして住職に頼み、丹生新吾もくわえた寄せ墓を墓地の片隅に作ってもらった。

だが、そこに墓標を建て、丹生や林田といった名を記すわけにはいかない。

勘兵衛が重太郎に頼みにきた石塚は、その墓標がわりであった。

重太郎は、珍しくも武家が訪ねてきて、しかも浄閑寺の住職の紹介と聞いて、そうと悟ったようだった。

重太郎親方の好意を受けることにして、勘兵衛は石を選んだ。

大小さまざま、色もいろいろ、のなかに、まるで人の手が加えられたような自然石を見つけた。

「これは?」

親方に尋ねると、

「はあ、そりゃあ大谷石ですな。元は石垣だったのが崩れて川に落ち、長い年月で角が取れたものでしょう」

「なるほど……」

(古城の名残《なごり》かもしれぬ……)

大きすぎずもせず、小さすぎもしない。

「では、これにいたそうか」

「へい。で、どのように彫りましょう」

それについては、考えてあった。

「水分塚《みくまり》、と彫っていただけるか」

「みくまり……?」

「はい。こう書くのだが」

勘兵衛は手近に落ちていた木の枝を拾うと、地面に〈水分塚〉と三文字を記した。

「ははあ、これで、み、く、ま、り、と読みますのか」

「そうだ」

親方は、わけでも尋ねたそうな表情になったが、

「承知いたしました。できあがりましたら当方で、浄閑寺のほうへ運んで、据え付けさせていただきましょう」

「よろしくお願い申す」

親方の申し出た手間賃に、多少の色をつけて支払い、勘兵衛は石工場を出た。

さっそく、八次郎が尋ねてくる。

「あの、水分塚っていうのは、どのような意味でございましょうか」

「うん。丹生の文字は使えんのでな」

「はあ」

「おまえ、丹生都比売《にうつひめ》、というのは知っておるか」

「ははあ、たしか水銀に関係する女神で、そうそう、空海に高野山を寄進した神でございましたな」

「うむ。全国に散らばる丹生神社の祭神だ。丹生都比売は、天照大神の妹の稚日女命《わかひるめのみこと》とされて、水分《みくまり》の神とも言われておってな」

「なるほど、それで水分塚でございますか」

丹生の名は使えぬが、丹生都比売を連想させる水分塚は、勘兵衛の苦肉の策であった。

「それにしても、旦那さまは物識りで……」

八次郎が感心した声を出すのに、

「馬鹿を申せ。七之丞……塩川七之丞の知恵を借りたのよ」

「ああ、あのときに……」

根岸、御行松近くの破れ寺での事件の顚末を、その翌日に勘兵衛は江戸留守居の松田に報告に向かった。

その後に、ようやく勘兵衛は、親友の伊波と塩川の両名と再会を果たしたのである。

二人とは、近く、いずこかで再会の宴でも張ろう、ということになっている。

――以前に、うまいものを食わせてもらったな。たしか［和田平］というたか。

伊波が言うのに、

――うん。なかなかによい店であったな。あそこでどうだ、勘兵衛。

七之丞までが乗ってくるものだから、

――うむ、うむ。なに、あれから、ほかにもよい店は見つけたがな。考えておこう。

以前に［和田平］に三人で集まったときとはちがい、ひょんなことから勘兵衛は女将の小夜と他人ではなくなっている。

なんともぎこちない気分の勘兵衛であったのだ。

2

未明に初雪があったらしい。

この朝、福井城下の風景は、白一色に彩られていた。

福井城の南、愛宕山（現：足羽山）も雲の間からときどき覗く陽の下で銀色に輝いている。

福井藩士のうちでも、代代家老職を引き継ぐ本多家はもっとも家格が高く、越前府中城（武生《たけふ》）二万石の城主という顔も持つ。

この本多家は、諸大名並みに参勤交代をおこない、その際には関所を駕籠に乗ったまま通行できるなどの、さまざまな特典を与えられていた。

そして参府すれば将軍に直接拝謁し、江戸城においては、中堅大名や高家《こうけ》が詰める柳の間に席次を与えられていた。

この別格ともいえる待遇は、福井藩の祖であり、徳川家康の次男であった松平秀康が、豊臣秀吉に養子というかたちの人質になったとき、本多富正《とみまさ》が秀康に随行したことによる。

時代は移り、天下が徳川家に移ったとき、家康は本多富正を大名にしようとしたが、富正はこれを断わり、引き続いて秀康を支えていくと答えたため、このような特別待遇が生まれたのである。

さて、そのような本多家は別として、福井藩士は家格によって、上級士、中級士、下級士と大きく三つに分けられる。

さらに上級士は、上から高知席、高家席、寄合席、定番外席《じようばんがい》と四種類に分類された。

愛宕山東麓に、松平主馬《しゆめ》家、酒井家、山形家、大谷家などの高知席の屋敷が建ち並ぶ一帯は、大名広路と呼ばれている。

そのような福井藩お歴々の屋敷のうちでも、ひときわ広大な屋敷がある。

本多家と同様に代代家老職を務める狛《こま》家の屋敷であった。

狛家の知行高は一万石、屋敷の敷地は三千七百四十坪あって、白漆喰二階建ての長屋門を入れば、唐破風《からはふ》のついた玄関があり、南側には広壮な書院があって、こちらは接客用の建物であった。

今月が月番家老にあたっていた当主の狛貞澄《さだすみ》は、きのう下城するなり一室に籠もり、藩の行く末を案じている。

(どうにか、せねばならぬ……)

思えば祖の狛孝澄《たかすみ》が、松平秀康に従って大和から福井に移ってきて以来、福井藩では秀康死後の久世騒動があり、その余波で二代目藩主の忠直は配流されて、忠直嫡男の光長は越後高田へと領地替えを命じられた。

そんな波乱の荒波をかいくぐり、狛家はしぶとく第三代の忠昌、そして第四代の光通の家老家として生き残ってきた。

そして今、光通の自殺とその遺書によって、第五代の藩主の座には昌親がついたが、そのことで、今またこの福井には新たな騒動が予感されるのであった。

そして、なによりも――。

もっとも貞澄が憂えているのは、藩の財政であった。

特に光通の自殺以降、円満な藩主交代を進めるべく幕閣をはじめとする関係者に莫大な工作資金が必要になり、商人からの借銀が増大した。

そこで勘定方に、借銀の総額をまとめるように指示を出していたところ、昨日になって書類が届いた。

驚くほかはなかった。

なんと銀にして二万貫を超えていたのだ。

金にすれば三十六万両を超えて、それは福井藩の歳入の三年分以上なのである。

(どうするべきか)

きのう部屋に籠もり、あれこれと考えをめぐらせたが、どうしても妙策は浮かばなかった。

そんなわけで、今朝の貞澄は頭も重く、不機嫌な表情のまま、庭園に面した障子を開けた。

「お……!」

いきなり飛び込んできた白銀の世界に、貞澄は一瞬目を細め、

(そうか、初雪か)

これから、またしばらくの間、雪に閉ざされるのかと多少の憂鬱も覚えるのである。

「ほ……!」

そんな貞澄の目に写ったものがある。

池の手前に灯籠があって、そこに先代が〈臥竜《がりゅう》の松〉と名づけた地を這うような松がある。

その枝から、奇妙なものがぶら下がっていた。

貞澄は目をこらした。

茶色く長方形のその物体は、まるで七夕飾りの短冊のように、ゆらゆらと風にそよいでいた。

「誰かある！」

次に貞澄は大声を出した。

油紙で包まれた中身は、三枚の紙片であった。

眉をひそめたまま読み進んで、貞澄の表情は険《けわ》しくなった。

（なんと、いうことぞ……）

それは留守番組の一人が、組頭の千賀地盛光に宛てて書いたと思われる誓詞のようだ。

問題は、その内容で、そこには――。

我ら越前伊賀者は、すべからく越前宗家の旗の下に集まり、事あるときは、主君より宗家の意志を尊ぶべし。

というような文があり、最後に留守番組藩士の署名と血判がある。

あとの二枚も同様であった。

（ううむ……）

狛貞澄は呻いた。

越前宗家とは、千賀地盛光のことにほかならぬ。

（これは、ゆゆしきことぞ）

このままには、捨て置けぬ。しかし……。

はたして、このようなものを、誰が、いつの間に……と考えて、貞澄は少し冷静になった。

なにごとか企む者の、偽書ということもあり得るのだ。

（ここは、ひとつ、落ち着いた対処が必要じゃ）

貞澄はさすがに家老らしく、慎重さを取り戻していたが、この日、福井の城中には冬の嵐が吹き荒れることになる。

狛家の庭に吊るされていたのと同様の文書が、昨夜のうちに、およそ二十軒近く、上級士の屋敷を選んでばらまかれていたからだ。

3

それから四日後、十月十九日の早朝のことである。

江戸・愛宕下の越前大野藩江戸屋敷の門前に、旅姿の商人が立った。

そして出格子番所内の宿直《とのい》の士に向かって、

「もし、お願いを申します」

と声をかけた。

すぐに、返事はあった。

「なんじゃ。このような早朝から」

「申し訳ございませぬ。わたくしは、浅草瓦町の菓子屋［高砂屋］の倅で、喜十《きじゅう》という者でございますが、急ぎのお知らせがございます。どうか、江戸留守居さまの御用人で、新高陣八さまにお取り次ぎをお願いいたします」

「なに、新高どのにか。ふむ［高砂屋］の、ええと……」

「喜十でございます」

「よし。わかった。しばし待て」

やがて門の潜り戸が開き、新高が顔を出した。

「やあ、喜十さん、どうした」

「はい。松田さまへ、父からの伝言がございます」

「そうか。よし、とにかく入られよ」

新高はそのまま、喜十を伴い、上屋敷内にある松田与左衛門の役宅に連れていき、玄関脇の一室に待たせて、松田を呼びにいった。

　庭の縁台のところで大きく伸びをして、朝の体操らしきことをしている松田に、

「旦那さま、［高砂屋］の伜がまいっておりますが……」

「なに、喜十がか」

　松田は驚いたような声を出し、

「どこじゃ、どこにおる」

　いつになく、息を荒げて言った。

「はい。玄関脇の部屋に」

「わかった」

　ほとんど小走りになって消えた松田の後ろ姿を見送り、

（はて？）

　新高は、小さく首をかしげたものだ。

　さて松田は部屋に入るなり、

「いかがした。なにか不測の事態でも出来《しゅったい》したか」

「いえ、とんでもございません。万事は思いどおりに進みましたゆえ、急ぎ、そのことをご報告にまいったのです」

「お、お、そうであったのか。いや、しかし……、出渕《いずぶち》……ふむ、法要があったのは、今月十四日のことだったのだろう」

「はい。その日に、目論見どおりに事を運びましたので、わたしだけが一足早く、そのことをお知らせにまいったのです。父たちは、あとの工作をすませたのちに、間もなく戻ってまいりましょう」

「そうか。それはでかした。それにしても、越前からここまで、僅かに五日でのう」

おそらくは昼夜を分かたず駆けてきたのであろうが、そのあまりの速さに、松田は舌を巻いていた。

伊賀者の越前宗家を名乗る、千賀地盛光の実父の十三回忌の日にあわせて極秘文書を盗み出し、それを福井藩の要職にある者たちへばらまいて、騒ぎを起こさせるという計画は、実行にあたる忍び目付、服部源次右衛門以外には、松田しか知らぬことであった。

喜十は、その源次右衛門の長男で、父親とともに福井へ出向く実行部隊の一人であった。

その喜十が、早くも姿を現わしたものだから、松田はなにやらの齟齬《そご》があったかと早合点してしまったのだ。

「いや、それはでかしたぞ。そうか、やってのけおったか」

打って変って、松田は、はなはだ上機嫌になった。

その上機嫌は、朝食を終えたのちにも続いていたようだ。

松田は用人の新高を呼ぶと、

「伊波どのと塩川どのにな、差し支えがなければ、ちょいと顔を見せてくだされ、と伝えてきてほしい」

二人は、今、若君である直明の新たな付小姓が大野より赴任ののちは、直明夫妻とともに、再び高輪の下屋敷に移る準備を進めているところで、今は仮の長屋住まいである。

やがて二人揃ってやってきた伊波と塩川とを相手に、松田はなにごとか会話を交わしていたが――。

松田は再び新高を呼んで、

「田所町の［和田平］な」

「はい」

「今夕の六ツ（午後六時）ごろ小宴を開くので、できれば、離れを使いたいと伝えてくれぬかの。人数は、四人《よったり》じゃ」

「承知いたしました」

「うむ。この伊波どのと、塩川どのの歓迎の宴じゃ。そうそう、勘兵衛にも、この旨、連絡をしておいてくれ。このような年寄が混じって、若い者たちには迷惑かもしれんが、まあ、我慢せよともな」

言って松田は、大口を開けて笑った。

(よほど、よい報せだったとみえる……)

それが、新高陣八の抱いた感想である。

4

松田からの使いがあり、結局は［和田平］ということになったか、と勘兵衛は苦笑した。

伊波利三とは、あれからゆっくり話す機会があって、丹生新吾と小泉長蔵の最期についてを話し、さらには林田久次郎、そして丹生一家の最期についても話しておいた。

伊波にとっては敵役となった丹生新吾であるが、新吾にせよ久次郎にせよ伊波とは、若君がまだ故郷にあって、左門《さもん》と名乗っているころに、ともに十二歳で児小姓にあがった仲である。

――そうだったか。いや、人を呪わば穴二つ、とはいうが、どうにも思わぬ仕儀になったものだなあ。

伊波は相変わらず、通りすがりの女を思わず振り返らせずにはいないほどの美貌の眉を曇らせて、しみじみと言い、

――それにしても塚を作ってくれたとは、ありがたいことだ。いや、友として礼を言う。

――いや、礼などとんでもない。いわば自分のためにやったようなものです。

元はといえば勘兵衛は、若君にへつらい、そそのかして、御家を危なくする小泉長蔵を討とうとしたのであった。

それが思わぬなりゆきから、丹生新吾の死につながり、さらには丹生新吾の若衆であった林田久次郎が、勘兵衛を仇とつけ狙いはじめた。

それに呼応するように、新吾の父母と弟が江戸へ出てきて、あの悲劇が起こったのである。

まさに、意図もせず、思いも及ばない悪しき連鎖というべきであろう。

しかし……。

いかに思いもかけなかったこととはいえ、丹生一家の壊滅や林田の死の中心には、自分がいるのだ。

その思いは、勘兵衛の裡に冷たいしこりとなっている。

せめて鎮魂の塚を建てようとは、だから勘兵衛自身の魂の救済をも意味していたのである。

——よし。塚ができあがったら、俺も花でも手向けて、祈りを捧げたい。連れていってくれるか。

言う伊波に、

——もちろんです。そうしてやってください。

伊波と塩川との話は、それで終わっている。

伊波と塩川との江戸での再会を祝して、宴を開こうという約束はしたが、まだ、そのような気分にはなれない、というのが勘兵衛の偽らざる気分であったのだが、早手回しに江戸留守居の松田が宴のお膳立てを［和田平］に決めたようである。

「おい、八次郎、すまぬがおまえ、これから浄閑寺に行ってな」

松田の使者が帰ったあと、勘兵衛は八次郎に、例の〈水分塚〉が浄閑寺に座っているかどうかを確かめてきてくれ、と命じた。

入谷の石工、重太郎親方に塚を注文したのはまだ六日前だが、自然石にただ三文字を彫り入れるだけだから、あるいはすでに浄閑寺に納まっているかもしれない、と考えたのだ。

それによっては、伊波とともに浄閑寺へ行く日取りを調整する必要があった。

その浄閑寺にも、石工の重太郎にも、勘兵衛は名も居所も明かしてはいないから、目で確かめる以外に方法はないのである。

八次郎を送り出したあと、勘兵衛は猿屋町の町宿で、静かに読書をして過ごした。

繙《ひもと》いたのは大儒学者、藤原惺窩《ふじわらせいか》が著わした『寸鉄録』である。

若君の付家老に伊波が就き、付小姓組頭には塩川が就いた。

そして、いずれは若君に代替わりがある。

そのとき、勘兵衛も含めた三本の鼎となって、越前大野藩を守れとは、父からの手紙にもあったし、松田からも言われている。

そろそろ政治向きのことも学んでおかねばならぬぞ、と松田から贈られた書であった。

（ふむ……）

『寸鉄録』を読み進めていくうち、ある一節に、勘兵衛の目は止まった。

そこには――。

夫婦は天地の如し。天は地を包み、地は天に抱かる故に、夫は外を営み妻は内を調《ととの》う。

とあった。

(夫婦は天地の如し……か)

ふと勘兵衛は書から離れ、なるほどそうであるな、と父母に思いを馳せた。

さらには――。

いずれは、自分も妻を娶《めと》るときがくる。

すると、どうしても瞼に浮かぶのは、塩川園枝の面影であった。

しかし、園枝には、兄の不幸で話が止まっているものの、縁談があると聞いている。

(えい。女女《めめ》しいぞ)

自分を叱りつけた勘兵衛だが、そのさなかから、

(しかし、その園枝どのが、母に会いにきたそうな)

いったい、どのような用であったのだろうか。

母からの便りによれば、そのことは七之丞から聞いてくれと書かれていたが、塩川は一向に、そのような話はしない。

（ふうむ……）

つい読書はそちらのけに、いろいろ物思う勘兵衛に、［和田平］の女将である小夜のことまでがくわわってきた。

（小夜とは、もちろん夫婦にはなれぬが……）

いつまでも、このままではならぬ、とは思いながら、若い勘兵衛には小夜に対する愛情や執着もあって、すっぱり割り切ることもできぬのであった。

（ううむ……）

こうなると、もう、出口のない迷路に閉じこめられたようで、勘兵衛は大いに苦しむのであった。

そうこうするうちに、使いに出していた八次郎が戻り、

「旦那さま。塚は、すでに座っておりました。それがもう、なかなかに趣のある、よい出来映えでございましたよ」

「おう、そうか。それはなによりだ」

では伊波の都合に合わせて、いつでも参拝に行ける。

やがて、そろそろ［和田平］に向かう支度をはじめねば、と勘兵衛が思いだしたころ、思わぬ客が訪ねてきた。

塩川七之丞である。

玄関先でよいと上がられませぬ、と八次郎が言うので玄関に出た勘兵衛に七之丞は、

「ちょっと、おまえに話したいことがあってな。それで一足早く、訪ねてきた次第だ」

「そうか。じゃ、上がれよ」

「いや。話し込んでいては刻限に間に合わぬだろう。なに、歩きながら話そう。ここで待っておる」

「そうか。では、しばらく待っていてくれ」

支度といっても防寒のために小袖を重ね着しているから、羽織袴をつければ、ことは足りた。

袴をつけながら勘兵衛は、七之丞の話とは、園枝に関わることであろう、と見当をつけている。

つい先刻まで、そのことを考えていたのが、まるで予兆のように思える。

「や、待たせたな」

「うむ。では行くか」

「行ってらっしゃいませ」

神妙に言う八次郎の声に送られて、二人は猿屋町から浅草橋通りに出た。

「もってまわった言い方は苦手なので、率直に言うぞ。実は妹のことだ」

広い通りに出るのを待っていたように、七之丞が口火を切った。予想していたとおりである。

「うん」

「園枝に縁談があることは、知っておるか」

「ああ、松田さまより聞いた。小野口の家だそうだな」

「ああ、ところが園枝は、その縁談に乗り気ではない」

「そうなのか」

「うん。園枝のやつ、俺が江戸に出るという日も近くなって、とんでもないことを俺に頼みよった。つまりだ。おまえの気持ちを確かめてくれというのだよ」

「えっ！」

ちょうど浅草橋に取りかかったあたりで、勘兵衛は思わず足を止めた。

「俺の気持ち、とは、いったいどういうことだ」

勘兵衛にとって園枝は初恋の相手であるが、そのことを誰にも漏らしたことはない。

これまでずっと、勘兵衛は、その恋心を封印してきたのである。

というのも園枝に思いを寄せた時代、落合家は禄を減らしてわずかに七十石、一方塩川の家は三百石と家格がちがいすぎた。

所詮は、かなうはずのない恋であったのだ。

「妹は、昔からおまえのことを好いておる」

「え」

思いがけぬ喜びに出会って、勘兵衛は、少しおろおろした。

「なんだ。そんなことも気づかなかったのか。俺が初めて江戸にきたころ、妹に手紙を書いてやってくれと頼んだろう。当然、気づいているものと思っていたが……」

「あ、いや、え、そうなのか」

そういえば、そんなことがあった。

しどろもどろする勘兵衛に、思わず七之丞は笑いだした。

「なんだ。いや、こりゃまいったな。その様子じゃ、園枝の気持ちなど、おまえには、まるで伝わっていなかったんだな」

「え、あ、いや、すまぬな」

「で、どうなんだ」

「どうなんだ、と急に言われてもな」

「ああ、そりゃそうだな。こりゃ俺も急ぎすぎた。しかし、園枝のやつも大胆で困る。実はな、このことは、まだ父母には内緒だが、園枝はおまえの母君に、ひそかに会いにいったそうだぞ」

「ははあ、で……」

「で……ではないわ。つまりだな……。その、なんだ。自分では勘兵衛さまの嫁には無理でございましょうか、と直談判に及んだわけよ。いや、我が妹ながら、なんとも大胆なやつだ」

言いながらも七之丞は笑いを嚙み殺していたが、勘兵衛のほうは、今自分がどこを歩いているのかも気づかぬほどになっていた。

「で、母は、なんと答えたのだろう」

「もちろん、おまえ次第だと答えられたそうだ。ただ、とても嬉しいお話を伺い、まことに光栄でございますとも言われたようだ」

「そうか」

「うん。それでだな。これはおまえ次第だが、もし、おまえにその気があるのなら、うん。俺もひとつ骨を折らねばならんかな、と思っている次第だ」

「そうか」

勘兵衛は答えたが、まるで瓢箪から駒のような話で、どうにも考えがまとまらない。

「いや。すぐに返事をしろとは言わん。おまえにとっては一生がかかっている話だ。ご両親とも相談をせねばならんだろうし、おまえの心持ち次第では俺にしても、両親に掛け合って、とりあえずは今ある縁談をつぶすことからはじめねばならん。まあ、真剣に考えてみてくれ。話は以上だ」

「わかった」

答えたものの勘兵衛は、まだ雲の上でも歩いているような心地であった

5

ちょうどそのころ——。

勘兵衛の弟で、大和郡山本藩目付見習の落合藤次郎と、徒目付の伜である清瀬拓蔵の二人は、船坂峠を越えて西国街道を東へ、東へと足を急がせていた。

船坂峠は、備前から播磨への国境越えの峠である。

右にも左にも、重畳と山が続く。

街道は、その山間《やまあい》を縫うように延びていた。

「この分だと……」

少し息を弾ませながら、藤次郎が言う。

「今月中には江戸に着けそうだな」

備前の最後の宿場町三石《みついし》にあった道標では、播磨姫路へ十三里半とあった。

「はい。一日も早く着きましょう」

日に焼けた顔に白い歯を覗かせて、清瀬も元気に答えた。

やがて二人の行く手に、新たな峠の入り口が見えてきた。

藤次郎の兄である勘兵衛に復讐を誓った、林田久次郎に丹生一家の運命は、峠道を転がり落ちるような結末を迎えた。

また一方で越前大野藩江戸留守居の松田と、忍び目付の服部源次右衛門が仕組んだ、越前福井藩への意趣返しもひとつの峠を越えて、これから波乱の幕開きがはじまりそうであった。

そして大和郡山本藩においても――。

大老酒井への復讐の種が、いよいよ江戸に持ち帰られようとしている。

その運び手こそが、落合藤次郎と、清瀬拓蔵の二人である。

長崎を発って十三日目になる十月十九日、二人は若さにまかせて道中を急ぎ、早くも播磨の国に入り、今また急峻な峠道を上りはじめた。

この峠は有年坂峠《うねさか》といって、ごろごろと石が転がる悪路で知られる。それで播磨箱根とも呼ばれるのであった。

息を荒げながら、二人はようやく峠を越えた。

下りもまた険阻な悪路だが、眼下の彼方に宿場町の佇まいと、さらにその先に、滔《とう》滔《とう》と水を湛えた大河が、夕暮れの陽に光をはじいている。

有年の宿と千種川《ちぐさ》であった。

「きょうは、あの宿に泊まるしかないな」

気持ちとしては、日が落ちてからも先に進み、もうひとつ先の宿場までたどり着きたいのは山山だが、千種川には舟渡ししか手段がない。

日暮れの少し前に、渡しはなくなるのであった。

これほどに二人の気持ちを昂ぶらせているのは、長崎でつかんだ情報のためで、それほど重大であった。

なにしろ、今をときめく大老の酒井忠清の足元を揺るがせられるかもしれない、天下の秘事である。

大老と長崎奉行が組んで、国禁の抜け荷をおこなった。

落合藤次郎、そして清瀬拓蔵の二人は、まだ若く、世の権力の不条理さや政治力など念頭になく、ただただ正義感に燃えながら、一途に江戸をめざしていた。

[泉屋]長崎店の手代、長十郎が明かしたところによれば、先年、長崎代官の末次平蔵は、王元官《オウゲンカン》という唐人から唐船を買い取り、磨屋町《とぎやまち》の弥富九郎右衛門《やとみくろうえもん》の周旋で、ひそかに船を二重底に改造した。

そして船の改造を待って今年の三月、末次平蔵の手代である井上市郎右衛門《いのうえいちろうえもん》と唐小通事の下田弥惣右衛門《しもだやそうえもん》は、王仁尚《オウジンシヨウ》と王振官《オウシンカン》という唐人船頭の頭を雇い入れて、カンボジアに渡航したという。

その傀儡船《かいらいせん》が長崎に戻ってきたのが六月も終わりのことで、戸町浦に入港した積み荷の一部は、直接に長崎代官所に届けられたという。

さらに傀儡船は、ひと月ほどたった八月の初め、今度は末次平蔵の手代の蔭山九大夫《かげやまきゅうだゆう》が井上と代わっただけで、再び荷を満載してカンボジアへと船出したというのである。

カンボジアには唐船だけではなく、オランダ東インド会社の商船も入り、いわゆる中継貿易の拠点でもあった。

つまりは、望みのままの品が手に入る。

このことから、長崎代官の末次平蔵が、唐船を装った抜け荷をしていることは明らかである。

さらには、その着荷の一部が直接に長崎奉行所に運ばれたことで、そこに一枚、長崎奉行の岡野貞明が嚙んでいることも瞭然だ。

おそらくその荷の内に、芫青と阿片が含まれており、芫青が岡野貞明の手を通じて大和郡山支藩の江戸奏者役、原田九郎左衛門の手に渡ったことも、これまでの調べで明らかであった。

では、阿片は——。

おそらくは、岡野貞明の手で江戸へと運ばれ、そして大老の酒井忠清に直接に手渡されるのであろう、とは、藤次郎たちのあとを追いかけ、江戸に向かっているはずの日高の読みであった。

（ふむ……）

ようやくに峠を下り、いよいよ間近になってきた有年の宿の町並みを望みながら、藤次郎は考えている。

（その点が、今ひとつ弱いな……）

状況的に考えれば、岡野貞明が独断で末次平蔵に抜け荷を指示したとは考えにくい。なにしろ長崎奉行を大過なく勤めれば、一財産できると言われているのに、そのような無茶をするはずはない。

また、すでに巨万の富を築き、長崎においては最高の実力者となっている末次平蔵が、せいぜいが数年で代わる一長崎奉行の口車に乗って、危険な賭けに出るとも考えにくい。

ならば結局は、天下第一の権力者、酒井忠清を据えねば話が通らない。

このとき藤次郎にしても、日高にしても、酒井大老と越後高田藩の小栗家老が密談したことまでは知らない。

その密談には――。

酒井大老が長崎奉行に命じて、芫青に阿片、という二種類の毒物を、この江戸へ持ち帰らせようとしている、というものであったのだが、藤次郎たちに知らされたのは、芫青以外に阿片という品が長崎奉行の手に渡るらしい、ということだけであった。

だから、その点に一抹の不安を抱いていた。

（不安といえば……）

え。

――よいな。どうあっても、長十郎の名を出してはならぬぞ。これだけは、固く誓え。

藤次郎たちは、日高から、固く言明されていた。

（もちろん、恩人とも言える長十郎どのに、危害が及ぶようなことはならぬが……）

長崎で貿易に携わる人人からの風説を調べ上げた結果だ、としか報告できないところに、いささかのもどかしさも覚えているのである。

さて、藤次郎たちが江戸へ運ぼうとしている復讐の種が、これから、どのように芽を出し、育つのか。

行く手には、まさに風雲急の予感がするのである。

6

一方、江戸・田所町の［和田平］では、松田に伊波、そして塩川と勘兵衛の四人が揃って、賑やかな宴がはじまっていた。

「そういえば、きょうこちらへまいる折、大伝馬町あたりに、ずらりと夜店が並びはじめておりましたが、あれはなんでございましょうの」

と、伊波利三が尋ねた。

するとと松田が、傍らの手あぶりに手をかざしながら、

「なんじゃ。伊波は江戸も長うにおったのに、あれを知らんのか」

「はあ、江戸と申しましても、わたしはずっと芝のほうでございましたからな」

「ふん。そうかい。ありゃあ腐市《くされいち》というてな」

「腐市？」

「うん。あすは恵比須講というて、商売人の祭がある。恵比寿と大黒の二神を祀り、鯛を供えてな、祝いの宴を開くのじゃ。上方のほうでは誓文払いと言うそうじゃが、要するに恵比須講で使う神棚やら三方《さんぼう》やら、鯛やら、べったら漬けやら、そういったものを売る一夜かぎりの商売じゃ」

「ははあ、なるほど、しかし、また腐市などと」

「ま、恵比須講が終わると、そのまま捨てられるようなものを売る市じゃからな」

「なるほど、なるほど」

伊波が感心したような声を出すのに、塩川も、

「そういえば、大野には恵比須講などというものはございませんな」

「おう、ないのう」

伊波もうなずき、ちらりと勘兵衛を見た。

「おい、勘兵衛、どうした。少し元気がないではないか」

「なんの。そんなことはありません。それより、ほれ。今宵は思う存分に飲もうではありませんか」

勘兵衛は銚釐を取り上げ、伊波に差し出した。

次に塩川に向けると、

「うむ。すまぬな」

塩川は盃を差し出しながら、微妙な笑いを唇に刻んだ。

おそらく塩川は、つい先ほどに園枝の話を出したものだから、勘兵衛が心ここにあらず、という状態になっているのだろうと思っているようだ。

図星だった。

これまでずっと、勘兵衛はひそかに園枝のことを心の裡に住まわせてきた。

しかし、かなわぬ恋とも思い、自らを戒め封印してきたのである。

それが、塩川の話を聞くと、園枝のほうでも自分に好意を抱いてくれたらしい。しかも、母にまで会いにいって……。

つまりは、それほどに真剣だということだ。

長らく心に蓋をしてきた分、その落差はあまりに大きかった。

心の奥に住まわせてきた園枝の面影は、今や等身大の実体となって、これまでになく身近なものに、勘兵衛には思われるのである。

だが、それだけではなかった。

勘兵衛の裡に波立つものがある。

「お邪魔をいたしますよ」

障子の外から声が響き、仲居のお秀《ひで》が入ってきた。

「お待たせをいたしました。伊勢海老の具足煮でございます。温かいうちに、お召し上がりくださいませ」

松田は、さっそくに大鉢のなかを覗き込み、

「おう、こりゃあ、豪勢な伊勢海老じゃなあ」

よだれでも垂らしそうな声を出したあと、

「それはそれとして、女将はどうしたのじゃ。最初に挨拶にきたあと、一向に顔を見せんが、忙しいのか」

そう、そのことが勘兵衛の内に、葛藤の波を立てていた。

園枝のことを考えれば、いやでも小夜が浮かんできて、心苦しさに勘兵衛は、胸が

痛んでしまうのである。

あるいは——。

つい先日に、勘兵衛と小夜がただならぬ関係であると、若党の八次郎に知られてしまった。

あれ以来、林田のこともあって、勘兵衛はこの［和田平］を訪れていない。

もしや小夜は、あの夜のことで、二人の関係を松田たちにも知られたのではないか、と思っているのかもしれない。

そんなこんなで、勘兵衛の胸は千千に乱れていたのである。

「申し訳ございませんねぇ」

お秀が、明るい声で答えている。

「実は、あすが恵比須講でございましょう。それで、あちらこちらから鯛の塩焼きの予約が入ってまいりまして、気の早いお客は、もう受け取りにこられまして、女将はその応対に追われているんですよ。なにしろ、とても追っつかないんで、うちの亭主も焼き方に応援にきているくらいでございまして」

「おや。おまえ、亭主がいたのかい。一度口説こうかと思っておったのに、そりゃ、残念な」

「ま！　また、ご冗談を」

「いやいや、冗談などであるものか。そうか。亭主がおったのか」

「そうですよ。世帯を持って、まだ一年と少しでございますが、祝言の折には、そちらの落合さまにも粗宴に出ていただきました」

「お、そりゃ、まことか」

「はい。以来、夫婦ともに、落合さまには、もう、ほんとうに、たいへんなお世話になってございます」

「そりゃあ、知らなかった。ふうん。そうなのか。ところで鯛を焼いておると言うたが、数に余裕はありそうか」

「お持ちしましょうか」

「おう、頼んだ。ついでに酒も、もう少し持ってきておくれ」

「承知いたしました。しばらくお待ちを」

お秀が消えるのを待ったように、松田は、

「おい、勘兵衛。あの仲居の口ぶりでは、なにやら因縁がありそうではないか。ちょいと聞かせろ」

好奇心旺盛な、年寄である。

「少しばかり、長い話になりますよ」

「かまわん、かまわん。おまえが江戸にきて、これまで、いろいろとおもしろい目に遭うておるはずなのに、一向に自分のことを話さぬから、内心、焦《じ》れておったのよ。少しは聞かせろ」

「はあ、今の仲居はお秀という名ですが、亭主は仁助《にすけ》といいまして、照降町で「銀五」という魚屋をしておりますんですが……」

仁助が、まだ棒手振の魚屋だったころに出会ったところから、はじめねばならなかった。

酒も入り、和気藹藹《あいあい》とした宴が続いた。

皆と別れ、夜更けた道を勘兵衛は黙黙と歩いていた。

きょう小夜は、宴のはじめの挨拶と、帰りの見送りに出てきた以外、とうとう座敷には顔を出さなかった。

お秀は、小夜が忙しくしていると言っていたが、そのことが勘兵衛には気にかかっている。

反面――。

小夜と、あまり顔を合わせずにすんだことで、ほっとしている自分もある。

こののち、いったい勘兵衛と小夜、そして園枝と勘兵衛の間に、どのような展開があるのだろうか。

勘兵衛は夜空を眺めたが、細い月も、きらめく星座も、なにも答えてはくれない。

ふと、そのとき、勘兵衛はあることに気づいた。

（もし、俺が園枝を妻としたら……）

七之丞は我が義兄となり、そしてその塩川は伊波利三の義弟であるから――。

いよいよ三人は、ほんとうの義兄弟ということになるではないか。

つくづくと深い縁《えにし》で結ばれた三人であったのだな、と、冬の星空の下で気づいたとき、勘兵衛の心ははっきり決まった。

このとき勘兵衛は、小夜が身ごもっていることなど知るよしもなかったのである。

［余滴《おまけ》……本著に登場する主要地の現在地］

［山村座］ 銀座六丁目十四番地付近
［茶漬屋かりがね］ 芝大門一丁目六番地付近
［秋葉大権現］ 向島四丁目に秋葉神社として現存
［弓師こすげ］ 銀座二丁目六番地付近
［御行の松］ 根岸四丁目九番地に代替わりの松が現存

［筆者註］

本稿の江戸地理に関しては、延宝七年［江戸方角安見図］および、御府内沿革図書の［江戸城下変遷絵図集］によりました。

時代小説

二見時代小説文庫

報復《ほうふく》の峠《とうげ》　無茶《むちゃ》の勘兵衛《かんべえ》日月録《じつげつろく》7

著者　浅黄《あさぎ》　斑《まだら》

発行所　株式会社　二見書房
東京都千代田区三崎町二－一八－一一
電話　〇三－三五一五－二三一一［営業］
　　　〇三－三五一五－二三一三［編集］
振替　〇〇一七〇－四－二六三九

印刷　株式会社　堀内印刷所
製本　ナショナル製本協同組合

落丁・乱丁本はお取り替えいたします。
定価は、カバーに表示してあります。

 ISBN978－4－576－09090－0
http://www.futami.co.jp/

山峡の城　無茶の勘兵衛日月録
浅黄 斑／父と息子の姿を描く大河ビルドンクスロマン第1弾

火蛾の舞　無茶の勘兵衛日月録2
浅黄 斑／十八歳を迎えた勘兵衛は密命を帯び江戸へと旅立つ

残月の剣　無茶の勘兵衛日月録3
浅黄 斑／凄絶な藩主後継争いの渦に巻き込まれる無茶勘

冥暗の辻　無茶の勘兵衛日月録4
浅黄 斑／深手を負った勘兵衛に悲運は黒い牙を剥き出す！

刺客の爪　無茶の勘兵衛日月録5
浅黄 斑／勘兵衛にもたらされた凶報…邪悪の潮流は江戸へ

陰謀の径　無茶の勘兵衛日月録6
浅黄 斑／伝説の秘薬がもたらす新たな謀略の渦……！

報復の峠　無茶の勘兵衛日月録7
浅黄 斑／勘兵衛を狙う父と子の復讐の刃！ シリーズ最新刊！

仕官の酒　とっくり官兵衛酔夢剣
井川香四郎／酒には弱いが悪には滅法強い素浪人・官兵衛

ちぎれ雲　とっくり官兵衛酔夢剣2
井川香四郎／徳山官兵衛のタイ捨流の豪剣が悪を斬る！

斬らぬ武士道　とっくり官兵衛酔夢剣3
井川香四郎／仕官を願う官兵衛に旨い話が舞い込んだ！

密 謀　十兵衛非情剣
江宮隆之／柳生三厳の秘孫・十兵衛が秘剣をふるう！

水妖伝　御庭番宰領
大久保智弘／二つの顔を持つ無外流の達人鵜飼兵馬を狙う妖剣

孤剣、闇を翔ける　御庭番宰領
大久保智弘／鵜飼兵馬は公儀御庭番の宰領として信州へ旅立つ

吉原宵心中　御庭番宰領3
大久保智弘／美少女・薄紅を助けたことが怪異な事件の発端に

秘花伝　御庭番宰領4
大久保智弘／ふたつの事件が無外流の達人鵜飼兵馬を危地に誘う

逃がし屋　もぐら弦斎手控帳
楠木誠一郎／記憶を失い、長屋で手習いを教える弦斎だが…

ふたり写楽　もぐら弦斎手控帳2
楠木誠一郎／写楽の浮世絵に隠された驚くべき秘密とは!?

刺客の海　もぐら弦斎手控帳3
楠木誠一郎／人足寄場に潜り込んだ弦斎を執拗に襲う刺客！

二見時代小説文庫

初秋の剣 大江戸定年組
風野真知雄／人生の残り火を燃やす旧友三人組。市井小説の傑作

菩薩の船 大江戸定年組2
風野真知雄／元同心、旗本、町人の三人組を怪事件が待ち受ける

起死の矢 大江戸定年組3
風野真知雄／突然の病に倒れた仲間のために奮闘が始まった

下郎の月 大江戸定年組4
風野真知雄／人生の余力を振り絞り難事件に立ち向かう男たち

金狐の首 大江戸定年組5
風野真知雄／隠居三人組に持ちかけられた奇妙な相談とは…

善鬼の面 大江戸定年組6
風野真知雄／小間物屋の奇妙な行動。跡をつけた三人は…

神奥の山 大江戸定年組7
風野真知雄／奇妙な骨董の謎を解くべく三人組が大活躍！

栄次郎江戸暦 浮世唄三味線侍
小杉健治／吉川英治賞作家が叙情豊かに描く読切連作長編

間合い 栄次郎江戸暦2
小杉健治／田宮流抜刀術の名手、栄次郎が巻き込まれる陰謀

見切り 栄次郎江戸暦3
小杉健治／栄次郎に放たれた刺客！誰がなぜ？第3弾

残心 栄次郎江戸暦4
小杉健治／栄次郎が落ちた性の無間地獄…。シリーズ最新刊！

暗闇坂 五城組裏三家秘帖
武田櫂太郎／怪死体に残る手がかり…若き剣士・彦四郎が奔る！

月下の剣客 五城組裏三家秘帖2
武田櫂太郎／伊達家仙台藩に、せまる新たな危機……！

憤怒の剣 目安番こって牛征史郎
早見俊／巨軀の快男児・花輪征史郎の胸のすくような大活躍！

誓いの酒 目安番こって牛征史郎2
早見俊／無外流免許皆伝の心優しき旗本次男坊・第2弾！

虚飾の舞 目安番こって牛征史郎3
早見俊／征史郎の剣と、兄・征一郎の頭脳が策謀を断つ！

雷剣の都 目安番こって牛征史郎4
早見俊／秘刀「鬼斬り静麻呂」が将軍呪殺の謀略を断つ！

木の葉侍 口入れ屋 人道楽帖
花家圭太郎／口入れ屋〝慶安堂〟の主人が助けた行倒れの侍は…